LOCUS

LOCUS

LOCUS

LOCUS

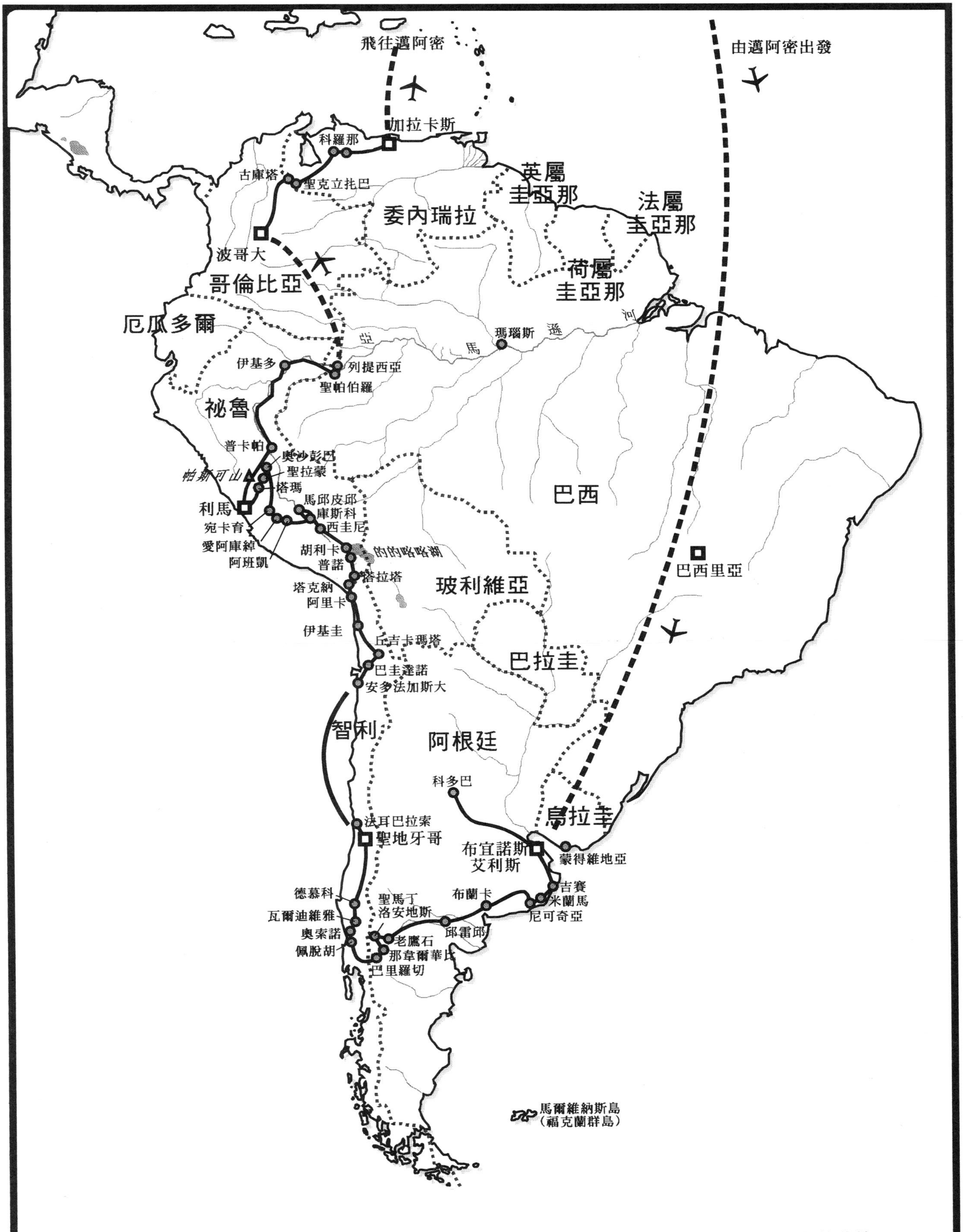

一九五一年時的南美洲地圖。圖中路線爲埃內斯托．格瓦拉與阿爾貝托．格拉納多兩人旅行的路線。

吳信恆繪圖

mark

這個系列標記的是一些人、一些事件與活動。

mark 006

革命前夕的摩托車之旅

作者：作者：埃內斯托・切・格瓦拉(Ernesto Che Guevara)
譯者：譯者：梁永安／傅凌／白裕承
責任編輯：陳郁馨　美術編輯：何萍萍
法律顧問：全理法律事務所董安丹律師
出版者：大塊文化出版股份有限公司
台北市南京東路四段25號11樓
www.locuspublishing.com
讀者服務專線：0800-006689
TEL:(02)87123898 FAX:(02)87123897
郵撥帳號：18955675　戶名：大塊文化出版股份有限公司

總經銷：大和書報圖書股份有限公司　地址：台北縣五股工業區五工五路二號
TEL: (02) 8990 2588　FAX: (02) 22901658
排版：天翼電腦排版印刷有限公司　製版：源耕印刷事業有限公司
新版一刷：2005年9月
二版一刷：2016年10月
二版4刷：2021年6月

定價：新台幣250元
Printed in Taiwan

革命前夕的摩托車之旅

Ernesto Che Guevara⊙著

目錄

埃內斯托‧格瓦拉，曾被《時代週刊》遴選爲「世紀偶像人物」（Icons of the Century）之一。若說他的事蹟是二十世紀的一則傳奇，他的頭像成爲了叛逆青春的圖騰，一點都不誇張。

格瓦拉出生於阿根廷，醫學院畢業之後做過幾次環繞南美洲的旅行，其中一趟就是記錄在這本書裡的一九五二年摩托車之旅。

這趟摩托車旅行之後兩年，格瓦拉在瓜地馬拉加入了政治活動，當其時，美國中情局主導了一場軍事行動，推翻了阿本茲（Arbenz）所領導的瓜地馬拉民選政府。格瓦拉逃往墨西哥，從此轉爲徹底的激進派。

他透過原先在瓜地馬拉所建立的管道，向一群在墨西哥市(墨西哥首都)活動的古巴革命份子求助。一九五五年七月與卡斯楚（Fidel Castro）結識，格瓦拉旋即加入游擊隊，意圖推翻彼時當權的古巴獨裁者，巴蒂斯塔（Fulgencio Batista）。古巴人叫格瓦拉爲「切」（Che），其實這是「阿根廷人」的暱稱。

一九五六年十一月二十五日，格瓦拉登上「格拉瑪號」前往古巴，擔任船上游擊隊的醫生。後與革命軍以古巴的麥斯特拉山爲基地展開武裝行動。幾個月後，格瓦拉成爲這支反抗軍的指揮官，但仍兼任醫生，治療自家游擊隊裡的傷兵，也照顧被俘虜的受傷敵軍。

一九五九年一月，巴蒂斯塔下台逃亡。格瓦拉在新上任的革命政府裡成爲重要的領導人物，先是在農業改革計畫中擔任要角，繼而轉任中央銀行行長，一九六一年二月當上工業部部長。格瓦拉另外還加入了一個政治組織，這組織在一九六五年正式成爲古巴共產黨。

除了政府公職之外，格瓦拉還代表古巴革命政府走訪世界各國，率團參加各種國際會議，在聯合國發表演說，活躍於亞、非、拉美等洲的社會主義世界。世人視他爲第三世界國家的發言人，熱情而且能言善道，尤其是他在烏拉圭一場國際會議上駁斥美國總統甘乃迪所提出的「進步聯盟」（Alliance for Progress），更使他聲名大躁。

一九六五年四月，格瓦拉遵守他在參加革命之初對自己立下的承諾，離開古巴，前往非洲剛果支援另一支革命行動。他在同年十二月悄悄返回古巴，爲玻利維亞籌組游擊軍力。隔年十一月，格瓦拉計畫向玻利維亞的軍事獨裁政權提出挑釁行動，成功後準備煽動一場革命行動，並把革命擴向全拉丁美洲。但他在行動中受了傷，被接受了美軍訓練與主控的玻利維亞反革命軍隊逮捕——那天是一九六七年十月八日。翌日，格瓦拉被處決，屍首下落不明。

直到一九九七年，他的遺骸才被挖掘出來，並被送回古巴。在他昔日打贏了一場重要戰役的聖塔克拉拉市（Santa Clara），建了一座格瓦拉紀念館。

生平大事記

一九二八年 埃內斯托・格瓦拉・德拉塞爾納⑤於六月十四日出生於阿根廷的羅莎利奧（Rosario）。父親埃內斯托・格瓦拉・林奇（Ernesto Guevara Lynch），母親塞莉亞・德拉塞爾納（Celia de la Serna）。他在五個兄弟姊妹中排行老大。

一九三二年 爲了讓患有氣喘病的小格瓦拉有個合適的居住環境，舉家從布宜諾斯艾利斯遷往科多巴附近的艾塔葛拉西亞（Alta Gracia）。

格瓦拉家是個人口多、經濟寬裕的上層中產階級家庭，觀念開明，有時候甚至稱得上是激進。格瓦拉的父親在西班牙內戰期間站在反教會、支持共和政府的一方；第二次世界大戰期間，站在支持盟軍的一方；裴隆（Juan Pēron）上台後，他堅定反對裴隆的獨裁政權。

一九四八年 格瓦拉進入布宜諾斯艾利斯大學就讀，專攻醫學。他對文學、旅行和運動（特別是足球和橄欖球）都很熱衷。由於有氣喘，沒能入伍服役。

一九五〇年 格瓦拉單獨騎機車穿越阿根廷北部，進行了一次長達四千五百公里的旅行。

一九五一至五二年 格瓦拉進行了一趟環南美洲之旅（即本書所記述的旅程）。與他同行的人是阿爾貝托·格拉納多。阿爾貝托是一個思想激進的醫生，比格瓦拉高好幾班，專長的領域是痲瘋病。

一九五三年 格瓦拉取得醫生的資格（他只用了三年時間就完成了一般人需六年時間才能完成的課程）。隨即展開第二度的環南美洲之旅，前往玻利維亞、祕魯、厄瓜多、巴拿馬、哥斯大黎加、瓜地馬拉。

在玻利維亞，他目睹了隨一九五二年國民革命而來的工人動員和農村改革。

一九五四年 在瓜地馬拉，格瓦拉目睹阿本茲（Jacobo Arbenz）的激進派政府被由美國幕後支持的阿馬斯（Castillo Armas）推翻。他逃亡到了墨西哥。格瓦拉與一名秘魯女子伊妲・加地亞（Hilda Gadea）結了婚；他們後來生了一個女兒，取名伊蒂塔（Hildita）。

一九五五年 在墨西哥，他認識了卡斯楚，並加入由卡斯楚所領導的組織，接受訓練，準備隨他們一起回古巴進行游擊戰。格瓦拉是組織中唯一的非古巴人，卡斯楚接納他加入，是因爲他是一名醫生。

一九五六至五八年 卡斯楚一行乘坐遊艇「格拉瑪號」（Granma）登陸古巴，展開一場以推翻巴蒂斯大（Fulgencio Batista）獨裁統治爲目標的游擊戰。格瓦拉展現了優秀的軍事能力，在五七年七月被拔擢爲指揮官。五八年十二月，他帶領反抗軍戰勝了巴蒂斯大的軍隊。

一九五九年 二月，古巴政府爲了感謝格瓦拉協助古巴獨立，宣布格瓦拉爲古巴公民。被任命爲古巴革命政府的中央銀行行長。他跟阿蘭達・瑪屈・德拉多利（Aleida March de la Torre）結婚，兩人生了四個小孩。

一九六〇年 格瓦拉代表古巴政府拜訪蘇聯、東德、捷克、中國和北韓，並簽訂了幾項重大貿易協定。

一九六一年 格瓦拉被任命爲古巴工業部長。在烏拉圭埃斯特角所舉行的美洲國家組織會議上，他痛斥美國總統甘迺迪倡議的「進步同盟」組織。接下來四年，格瓦拉以古巴大使的身分周遊列國。

一九六二年 格瓦拉成爲古巴革命組織團的國家代表，並二度造訪蘇聯。

一九六三年 格瓦拉造訪甫掙脫法國統治而獨立的阿爾及利亞。

一九六四年 在出發往非洲之前，格瓦拉在十二月於聯合國大會發表演說。

一九六五年 格瓦拉遍遊非洲，在剛果加入了實際的戰鬥行列。眾人對於格瓦拉的去向表示懷疑，卡斯楚遂公開宣讀格瓦拉的道別信，此時古巴共產黨剛成立。十二月，格瓦拉返回古巴，準備潛入玻利維亞。

一九六六年 格瓦拉喬裝進入玻利維亞。

一九六七年　與玻利維亞政府軍經過數月的零星戰鬥後，格瓦拉於十月八日在巴耶格蘭德附近被俘，玻國總統巴利燕托斯（Barrientos）次日即下令處決格瓦拉。

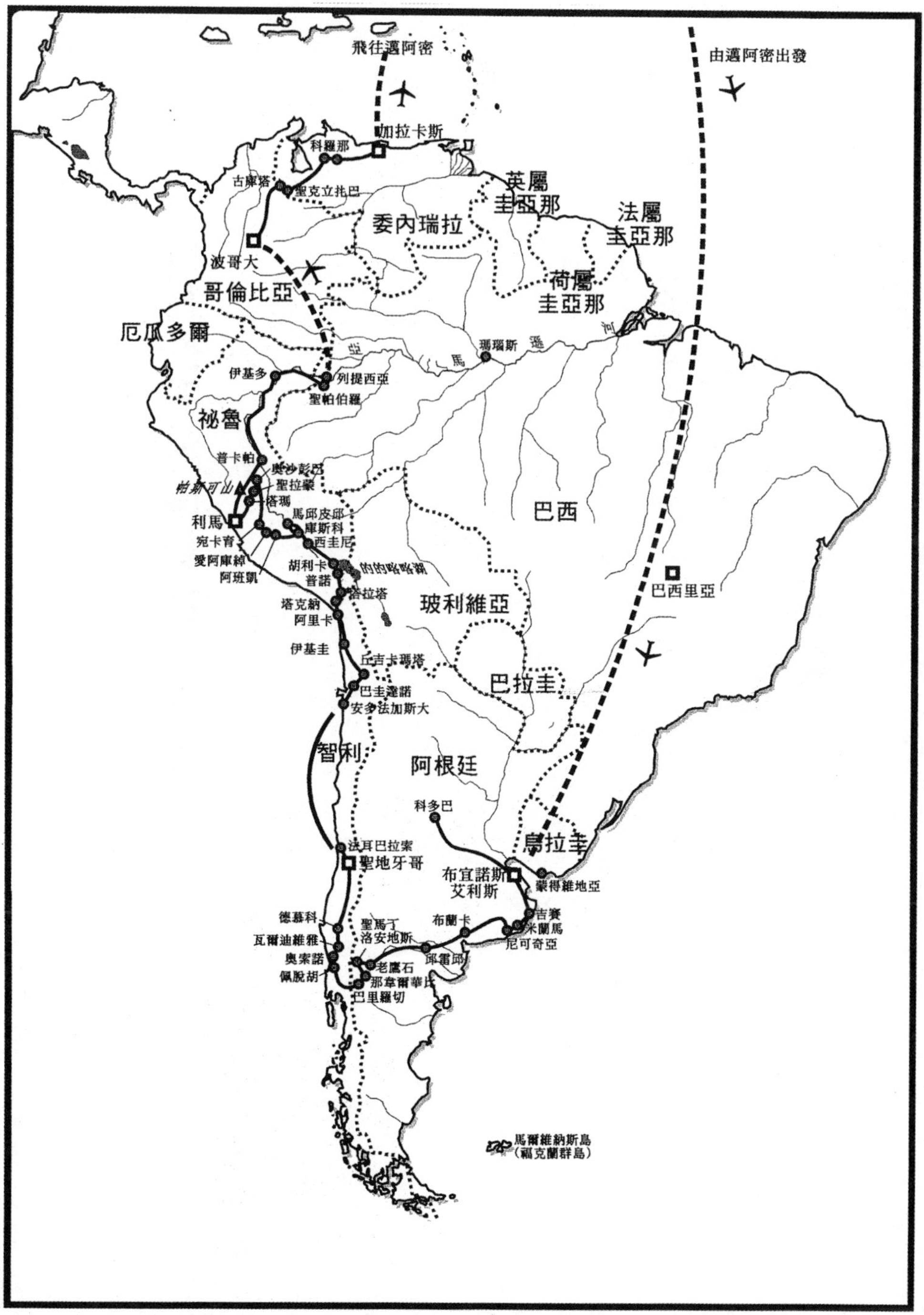
飛往邁阿密
由邁阿密出發
加拉卡斯
科羅那
古庫塔
聖克立托巴
委內瑞拉
英屬
圭亞那
法屬
圭亞那
荷屬
圭亞那
波哥大
哥倫比亞
厄瓜多爾
亞
馬
遜
河
瑪瑙斯
伊基多
列提西亞
聖帕伯羅
祕魯
普卡帕
奧沙彭巴
帕斯可山
聖拉蒙
塔瑪
利馬
馬邱皮邱
庫斯科
宛卡育
西圭尼
愛阿庫綽
阿班凱
胡利卡
的的喀喀湖
普諾
塔拉塔
塔克納
阿里卡
玻利維亞
巴西
巴西里亞
伊基圭
丘吉卡瑪塔
巴拉圭
巴圭達諾
安多法加斯大
智利
阿根廷
科多巴
法耳巴拉索
聖地牙哥
烏拉圭
布宜諾斯
艾利斯
蒙得維地亞
德慕科
吉賽
米蘭馬
布蘭卡
聖馬丁
洛安地斯
尼可奇亞
瓦爾迪維雅
奧索諾
邱雷邱
老鷹石
佩脫胡
那章爾華比
巴里羅切
馬爾維納斯島
（福克蘭群島）

格瓦拉與阿爾貝托的行程

阿根廷

一九五一年12月 從科多巴前往布宜諾斯艾利斯

一九五二年1月4日 離開布宜諾斯艾利斯

1月6日 吉賽

1月13日 米蘭馬

1月14日 尼可奇亞

智利

1月16—21日 布蘭卡
1月22日 前往邱雷丘
1月25日 邱雷丘
1月29日 老鷹石
1月31日 聖馬丁洛安地斯
2月8日 那韋爾華比
2月11日 巴里羅切
2月14日 搭乘「端莊維多利亞號」前往普拉
2月18日 德慕科
2月21日 勞塔羅
2月27日 洛杉海來
3月1日 聖地牙哥

祕魯

3月7日 法耳巴拉索
3月8—10日 搭乘「聖安東尼號」
3月11日 安多法加斯大
3月12日 巴圭達諾
3月13—15日 丘吉卡瑪塔
3月20日 伊基圭
3月22日 阿里卡

3月24日 塔克納
3月25日 塔拉塔
3月26日 普諾
3月27日 航行在的的喀喀湖上
3月28日 胡利卡

21 格瓦拉與阿爾貝托的行程

3月30日	西圭尼
3月31日至4月3日	庫斯科
4月4—5日	馬丘皮丘
4月6—7日	庫斯科
4月11日	阿班凱
4月13日	宛卡拉瑪
4月14日	宛保
4月16—19日	安達威納斯
4月22—24日	從愛阿庫綽前往宛卡育
4月25—26日	梅西德
4月27日	從奧沙彭巴前往聖拉蒙的路上
4月28日	聖拉蒙
4月30日	塔瑪

5月1—17日 利馬
5月19日 帕斯可山
5月24日 普卡帕
5月25—31日 登上「西尼帕普號」，沿烏卡雅利河而下
6月1—5日 伊基多
6月6—7日 登上「西斯尼號」，往聖帕伯羅痲瘋病人村
6月8—20日 聖帕伯羅痲瘋病人村
6月21日 乘著「曼波探戈號」，航行在亞馬遜河上

哥倫比亞

6月23至7月1日 列提西亞
7月2日 搭飛機離開列提西亞
7月2—10日 波哥大
7月12—13日 古庫塔

委內瑞拉

7月14日　聖克立托巴

7月16日　在巴基斯與科羅那之間

7月17—26日　加拉卡斯

7月底　阿爾貝托留在加拉卡斯
格瓦拉搭機飛往美國邁阿密

8月　格瓦拉回到阿根廷科多巴與家人團聚

引言①

秦提歐・維提耶（Cintio Vitier）

拉丁美洲從玻利瓦（Bolivar）②起至近代這條爭取獨立自由的道路上，如果說有一位人物成爲了吸引拉美與全球青年的英雄，那人便是切・格瓦拉。格瓦拉去世之後雖然成爲了一則現代的迷思，卻完全無損於他作爲青春生命力的象徵；相反的，他的傳奇背景更增添了他的青春色彩，與他大膽而純粹的性格特質共同形成了格瓦拉魅力的基礎。

一個人物能成爲一則迷思，象徵著在希望破滅之後仍然熱切懷抱希望，這人必然擁有重力一般的吸引力，以及某種莊嚴的性質。這樣很好。我們需要幾張面孔來體現歷史的烏托邦。但我們不該忽視了這些臉孔作爲凡人的日常性質，在他們具備了那些帶領我們前行的能力之前，他們都曾是孩子，曾是少年，曾是年輕人。我這樣講，並不是要掩蓋掉他們在日常生活中即已顯現的特殊質地，而是要說，有了這樣的認知，可以讓我們看見他們如何展開日後的軌跡。

這一點，在切・格瓦拉的例子上尤其重要。在格瓦拉自述的一趟與友人阿爾貝托的摩托車之旅札記中，所有內心還年輕的人，看到了一個讓人覺得貼心、快活，有時認眞有時嘲諷的年輕人，覺得簡直就看到了他的笑容、聽到了他說話和氣喘的哮嘶。他和他們一樣年輕，而他讓自己的生命充滿了青春氣息，並且不讓青春因爲成熟就受到了污染。

這本 *The Mortorcycle Diaries*，記錄了一趟說走就走的旅程，坐上一輛吱嘎作響的拉波特拉撒型機車（後來在路途中報銷了，不過已讓我們嚐到足夠的快樂滋味），像風一樣自由，只爲了認識世界就上路。這本札記，獻給那些不願青春只是按步就章前進，而要活得盡興徹底、具有靈性意義的人。

札記一開始，這位日後成爲了二十世紀眞英雄人物的年輕人說了，「這不是一個關於英雄行徑的故事」，這句話裡的「英雄」二字聽來特別響亮，因爲我們在閱讀這本札記的時候，腦海中無法不想起後來格瓦拉在山裡打游擊戰的畫面，而他的模樣以他在玻利維亞遇俘的景象臻於極致。

假如這趟青春冒險不是格瓦拉日後革命的前奏，那麼這份札記的意義就不同了，我們也會以不同的方式讀它，雖然我們無法想像會是怎麼樣的不同。光是知道了這些文字出自於切——雖然他寫這本札記的時候還沒有成爲切——就讓我們相信，他心中預想了我們應該如何閱讀它。譬如他說：

> 寫這本日記的那個人，在他重新踏足阿根廷土地的那一天，就已經死了。組織和打磨過這本日記的那個我，早就不再是我了；最少，現在的我，已不再是過去的那個我了。漫遊南美洲對我所造成的改變，遠超過我所能預見。

這些文字是一份見證——格瓦拉說它們像是攝影底片——它們見證了一場對格瓦拉造成改變的體驗，是一趟出發前往外面世界的嘗試，而在半無意識的情況下具備了堂吉訶德式的精神，最後也像堂吉訶德的努力一樣，對格瓦拉的意識造成了深刻影響。這是一個夢想家的精神得到了甦醒。

原則上，同時也很合乎因爲不知而上路的邏輯，他們的旅行打算一路往北邊的美洲而去，最後卻變成一趟朝著南美的貧窮與無奈而去的「北美攝影底片」之旅，並且一步步認識了北美對於我們南美洲的意義。

「在當時，我們對此行的非凡意義懵然無知，只看到路途中的沙塵和機車上的自己，一公里又一公里往北前進。」格瓦拉自己不知道，但他看到的沙塵，不也正是荷西・馬提（Jose Marti）③在他從拉蓋拉（La Guaira）前往加拉卡斯的行腳所看到的沙塵？不也就是堂吉訶德所遇到的沙塵，是美洲之魂的救贖出現之處，「我們可怖的輪轍落地之時，沙塵揚起如一片雲」。

那隻叫做「回來」的小狗，在切的筆下顯得滑稽可愛，從吉賽鎮到米拉馬的路上老是摔出摩托車；多年後，麥斯特拉山（Sierra Maestra）也出現了一隻看來顯然是被勒斃的狗，因爲在一場企圖圍捕(巴帝斯塔的上校)莫斯凱拉(Sanchez Mosquera)的突擊行動中，它「歇斯底里的嚎叫」。「最後抽搐了一下，就沒有動靜了。四隻腳大開，頭部攤在一堆小樹枝上。」然而，這段在格瓦拉的《革命戰役之三五情節》（*Episodes of the Revolutionary War*）中出現的情節，還有另一隻狗：

> 菲立克斯（Felix）拍了拍狗兒的頭，狗兒看著菲立克斯，而菲立克斯先看了牠一眼，然後與我互看一眼，眼神裡都是愧疚。大家突然安靜下來。一股隱隱的激動湧上來，因爲狗兒乖巧卻泛紅的眼中似乎帶著一絲責備的意思。就在我們眼前，是那隻被殺害的小狗。

「回來」確實不負牠的名字，眞的重返了，這就讓我們想起另一位偉大的阿根廷同胞依茲凱・埃思特達（Ezequiel Martinez Estrada）對荷西・馬提所做的評論：

> 這些情感和激動的心緒，無法以詩人、畫家、音樂家或神祕論者的語言加以表達；而必須……靜靜收下，不做回應，就像動物以它們沈思且歡喜的眼接受各種感受。

對照了摩托車日記和革命札記這兩本著作之後，我們會發現，比革命札記早十年寫成的摩托車日記，乃是革命札記的文學範本，同樣的節制，同樣的誠實，同樣的靈巧新鮮，同樣善用事件來分出章節，並且同時接受快樂的事與哀傷的事，而不會像一呼一吸般截然分開。

這樣做目的不在於追求文學技巧，而是要忠於感受，爲了達到有效的敘事；一旦做到了後二者，則也就具備了文學技巧，既不以技巧遮蓋了或擾亂了情感，而是讓技巧發揮它該有的作用，表達了情感。就此來說，切的寫作表現儘管偶有失誤或猶豫之處，但是已經形成了個人的風格。往後他會繼續精練他的寫作技巧，一如他用藝術家創作時的喜悅之情來磨練自己的意志；然而他又不是一個鍛字練句的文字匠，因爲他有股安靜的害羞氣質，這使得他不想多說，而是以極簡的筆調，用文字來逼出表象之下所含有的詩意。切在「我—在我之中的它」之間來回，一開一闔，從來不變成濃烈的敘述，從而造就了一種喜歡稍作保留的文字風格。他在字裡行間說了一些什麼，卻並不滔滔敘述；他一會兒描述感覺，一會兒描述事件，他試圖尋找自己，有時卻甚至像是在觀察我們。

切的文字多采多姿，儘可能爲他所看到的物件上色，如果遇到了適合的景觀，他也會寫出一點透露了個人情感的句子：

路沿著山脚蜿蜒前進，由這裡就進入了偉大的安地斯山脈；我們下了一個陡坡之後，來到一座本身不起眼、但四周有宏偉密林環繞的小城，聖馬丁。

在那段偷酒的情節和其他類似行徑之中，含有珍貴的意涵：

總之，空空如也。我在回憶中尋索剛才是誰在笑看我的醉態，試圖從中尋找諷刺的蛛絲馬跡來說明誰是小偷。

這裡，浮出了一種奇特的氣息。接下來他寫道：「天已經全黑了，四周傳來了千百種怪異的聲響，我們在黑暗中每踏出一步，都像是踏入了虛空。」而在《革命旅途》裡他寫道：「就在矮樹叢裡，浮現了一股詭異的安靜。我們在前一輪槍戰過後去收拾屍身，公路上完全不見人影……」充滿了豐富卻靜默的畫面：

忽然間，一隻雄鹿的巨大身影從溪流上一躍而過——月亮在牠身上泛出一片銀光——然後消失在灌木叢中。這個驚鴻一瞥的自然景致，讓我們爲之心悸。

聲音與人影在森林裡，火光映照下，產生了令人感動的聲調，你會明白爲什麼我們這位領導者能改變很多人的理念。(革命旅途)

雖然他描述著卡斯楚的音調，那畫面對我們來說卻似乎是無聲的，彷彿是一幅從遠處觀看到的畫面。

在這份旅行札記裡出現了偷酒、夜晚與一群人跳舞、在智利當消防隊員等等堂吉訶德式的、卓別林電影一般的情節，都籠罩在類似的靜默氣氛之中。

他們的摩托車快要報銷時，格瓦拉的描寫達到了電影一般的效果，而讀者也像是在靜靜看著電影：

我猛握手煞車，沒想到手煞車竟也應聲而斷——大概是因爲焊接得不夠實在的緣故。一會兒，我眼前只見模糊的牛隻形影往我們兩旁飛，而摩托車急速往下坡衝。奇蹟似的，我們只擦上了最後一頭牛的腿部。眼看前方是一條湍急的河流，我朝向旁邊一扭，摩托車衝上了兩公尺高的河岸，我們摔落在兩塊大石之間，兩人都沒有受傷。

這兩個生性快活、幽默又愛自嘲的年輕冒險者，上路尋找的不是風景，而是土地的精神。這「精神」就出現在那頭鹿身上：「我們用緩慢的步伐移動，唯恐打擾了這個大自然聖所的寧靜。」格瓦拉並不擺出他原本對宗教所抱持的嘲諷態度：「我們以虔敬的心意等待星期天來到。」既是無信仰的人，所以他們在大自然裡感受到了象徵性的聖所，籠罩在其精神之中，這立刻讓我們想起了思想自由的馬提的詩句：「西班牙的主教在尋找／支持他聖壇的力量／在山巔／白楊樹是我的力量」。

一九五二年三月七日，法耳巴拉索。他們親眼看到了不公義：在拉吉奧坎達的一家小館子裡，有個患了氣喘病的老婦人：

這個可憐老婦的狀況很糟糕：一屋子腐臭的汗味和臭腳味，灰塵從幾張安樂椅上（她家中僅有的奢侈品）揚起。除了氣喘以外，她的心臟也不好。

格瓦拉深深感受到作爲一個醫生對此也無能爲力，他的良心就快要促使他從事另一項志業了；他寫下以下這段值得回味的文字：

在這些沒有明天的人身上，我們窺見了全世界無產者所經受的深重苦難；在這些垂死者的眼中，我們看到了希冀家人原諒的卑微願望和希冀家人慰藉的絕望哀求。不過，他們的希冀注定是要落空的，正如他們的軀體很快就會被廣大而冷漠的黃土掩埋。

這兩人無法再往下旅行了，決定轉向，搭船前往智利的安多法加斯大。這時他們還沒有把事情看清楚——至少格瓦拉還沒看清楚：

也就在這時，我們發現我們的使命，我們眞正的使命，其實就是永無止境地走在世上的道路或海洋上。我們永遠是好奇的，我們永遠看著自己看到的事物，角角落落裡嗅個不停，但，我們不會在任何地方紮下根來，不會讓自己逗留的時間長得足以發現事物的底層：看到了事物的限制就夠了。

大海比旅人的道路更具有魅力，因爲，道路會要求路人停駐下來，大海卻代表了絕對的自由。「我感覺我的根部裸露在土外，自由自在」，這句被格瓦拉引用爲篇名的詩句，指出了格瓦拉掙脫了齊琴娜對於他的束縛——然而，他要在那位氣喘老婦人的身上更進一步掙脫另一種束縛。很快的，他的胸膛會再次疼痛，當他在巴圭達諾遇見一對信仰共產主義的夫婦：

快要凍僵的這對夫妻，在這個沙漠的夜裡蜷縮成一團，可以看作是這世界上無產階級的最佳代表。

他把一條毯子分給了這對夫婦：

那一晚的寒冷，是我記憶中所僅見的，但那一晚也讓我覺得我和他們這個陌生的族類（起碼對我而言如此）接近了一點。

那種陌生感，那種涇渭分明的隔離感和無所懼怕的孤獨感，很引人好奇。世上沒有比冒險更寂寞的事。堂吉訶德在遇到船上奴隸和挨打的小孩並對他們產生憐憫之前，是孤獨的，他看一切都覺得陌生而疏遠，他認爲世間癲狂，人生荒謬。荷西・

葛瑟（Jose Ortega y Gasset）在他的《遙想堂吉訶德》（*Meditation of Quixote*）一書裡寫道：「我是我自己和我的環境。」這句話常被理解爲兩項元素的總和或是共同結果；但此話也可以理解爲一種弔詭的情境，「我」或「我自己」和「環境」是分開而有距離的，然而卻又是緊緊相繫的。這項弔詭，也在格瓦拉回憶自己的第一次「離開」時出現：

雖然那對夫妻的側影已經模糊不清了，但是那個男人異常堅定的臉龐還在我們心上縈繞不去。我們沒法忘記他那簡短的邀請：「來吧，同志，來和我們一起吃吧。我也是一個流浪漢啊。」這話裡透露出他的不屑，他把我們漫無目標的旅行看成是寄生蟲的行爲。

是誰在偷偷覺得不屑呢？是那對卑微的工人還是格瓦拉自己？或者都不是。然而，相遇在「在沙漠的夜裡」，一起喝馬黛茶，分享麵包、乳酪和毯子，這種種一同形成了一股讓人心痛的隔離感。

他們抵達丘吉卡馬塔之後，來到了礦場、遇到了礦工：

在這個大礦坑裡，冰冷的效率與無力的憎恨並存；一方爲了求生存而恨惡那一心追求財富的另一方。

接下來出現了一個有力的暗示，它要到多年後在古巴才完成其可能意義：會不會有一天，有些礦工會歡天喜地拾起鋤頭，帶著微笑去毒害自己的肺部——他們說：在那個使世界暈眩的紅色風暴那裡，事情就是這樣的。他們是這樣說的。我不知道。

事實上，在一九六四年的古巴，格瓦拉會把自己這些理念與詩人里昂・菲立普(Leon Felipe)的詩句結合在一起(但我不知道格瓦拉在寫摩托車日記那段文字時知不知道菲立普的詩)：「沒有人能跟著太陽的節奏一鋤又一鋤往下掘，沒有人帶著愛與優雅割下玉米穗。」(格瓦拉在別處寫道：)

我錄下這些句子，是因爲今天我們可以叫那位偉大但絕望的詩人來一趟古巴，來看一看，這裡的人經過了資本主義的異化，曾經把自己看成被剝削者使喚而在頸上負了軛的畜生，已經領悟了他們應該何去何從。現在，在我們的古巴，勞動有了新的意義，並且是以歡欣的心情從事勞動。

然而在一九五二年的三月，格瓦拉寫的還只是「會不會」。這個嚴苛的考驗在「丘吉卡瑪塔礦場」這一篇漸次展開，這個礦場得名於其所在的城市，該城好比「現代劇裡的一個場景」，格瓦拉以觀察印象、個人反思和資料加以綜合描繪之後，得到了最重要的教訓：「在各種坍方、矽肺和礦區地獄般的環境所吞噬的人命中，這些墓園不過是冰山的一角。」而在一九五二年三月二十二日或是後來經過修改的筆記裡，格瓦拉得出了結語：「智利的首要之務，是擺脫他們背上煩人的洋基佬朋友，但……目前這還眞是件艱鉅的任務。」那個叫做薩瓦多・阿言德（Salvador Allende）的人成爲一大阻礙。

不管是騎著摩托車、搭上貨車或者上了船、坐別人開的車，不管是睡在警察局、星空下或偶爾借宿民家，格瓦拉幾乎都得與他的氣喘搏鬥。他們徒步走進了祕魯國境，對於祕魯境內的印第安人印象深刻：

現在看著我們走在小鎮街上的人，是一個被擊敗的種族。他們謙恭地，甚至驚懼地注視著我們，對於外面的世界毫不在乎。有些人給我們一種感覺：他們活著，只因爲這是一種他們拋不開的習慣。

他們來到了圮石之國，大地之母「帕切媽媽」的國度，這裡的人吐出咀嚼過的古柯葉當作祭禮，連同煩惱一起送給了他們的帕切媽媽。在奧克洛媽媽灑下黃金之處，乃是世界的肚臍眼，是比拉可恰爲他的選民所擇定的家園：庫斯科。就在一場「地震之主」出巡的遊行行列之中，他看到了一個永遠會讓南美洲人想起北方的強烈對比：

在駐足等候遊行隊伍經過的矮小印第安人之中，偶爾你會瞄到一名金髮的北美人，在遺世獨立的印加帝國裡，他們帶著相機，穿著運動衫，看來像是（事實上也是）來自另外一個世界的密使。

庫斯科的大教堂引發了格瓦拉的藝術家氣息，讓他寫出這樣的句子：「黃金沒有白銀那種溫柔的尊嚴，無法隨著年代久遠而更有魅力；這座大教堂看來就好像一名濃粧艷抹的老太太。」他造訪過許多大教堂，印象最深刻的是那座孤單的、名氣不大的，「貝倫教堂被地震摧毀了的鐘樓，像一頭肢體不全的動物倒臥在山邊」。然而，他對於祕魯的殖民巴洛可風格的最精準觀察，出現在他描寫利馬的教堂的這段文字裡：

> 利馬的藝術則比較有風格，幾乎帶有陰柔的氣息：教堂尖塔又細又高，可能是西班牙各殖民地教堂尖塔中最爲細長者。這裡不見庫斯科那種華麗的木頭雕工，改採黃金打造；相較於古印加城裡那種陰森而令人卻步的洞窟般的教堂，利馬的教堂正廳明亮而透風，牆上的畫作也是色調亮麗，近乎活潑，出自較後期的流派所繪，不像早年的隱士混血族裔所做的聖徒畫像把他們描繪得陰森而憤怒。

四月十五日他們造訪馬丘皮丘，這趟行程後來寫成一篇文章登在一九五三年十二月十二日的巴拿馬某報上。該文審慎採用了數據和史料，文中所呈現的教化意義也很明顯，但格瓦拉寫在札記中的相關段落並沒有這種企圖。

類似的情況出現在五三年十一月二十二日一篇名爲「河大河岸之一瞥」（A Glance at the Bank of the Giant of Rivers）的文章，也是登在巴拿馬的報紙上。格瓦拉在這篇報紙文章上比較強調的是個人旅行經驗，描述他搭乘木筏沿著亞馬遜河而下的見聞。這艘木筏叫做「曼波探戈號」，這趟木筏之旅讓兩個年輕人領略到亞馬遜印第安人的艱難生存處境。

他們從孤單的高地一路來到亞馬遜河，看到了卑微的生存處境，彷彿沿著美洲地圖做了一趟旅行。當格瓦拉在痲瘋村裡慶祝自己的二十四歲生日時，他說話的模樣就像玻利瓦：「我們是個單一的混血融合族群，從墨西哥到麥哲倫海峽，我們擁有太多種族上的共同點。因此，爲了打破我褊狹的地域主義，我舉杯爲秘魯及團結的拉丁美洲祝賀。」

這些話裡沒有嚴肅的意思，他反而是從演講修辭的角度出發，所以說的時候充滿自信，並且說「我這番話贏得熱烈喝采」。他在稍後寫給母親的信上也提到這段「泛美洲主義的演說，獲得了在場嘉賓及酒仙們的熱烈喝采」；而用親暱的諷刺語氣提起阿爾貝托「似乎以裴隆的接班人自居，他做了一番慷慨激昂的演說，讓我們的送別群眾哈哈大笑」。但他說起了痲瘋病人時的語氣則完全不一樣，試圖掩蓋（但不成）自己的痛苦感受。格瓦拉這樣描寫他們離開痲瘋村的情景：

當天晚上病人村一群病人特地前來，為我們獻樂道別，一名雙眼失明的男子唱著當地歌謠。樂隊包括一個吹長笛、一個彈吉他的，以及一個奏 bandoneon 的，手指幾乎都不見了。病人以外另有一名薩克斯風手、一名吉他手及敲擊樂手助陣。音樂之後是演說，四名病人輪流致詞，他們努力想把話講好，卻有些拙劣不自在，其中一人一時語塞，只好情急高喊：「為兩位醫師歡呼三聲」。阿爾貝托情感洋溢地感謝他們的盛情……

格瓦拉在給母親的信上描述那晚情景，說「一個拉手風琴的右手都沒手指，用綁在他手腕上的幾根小棒子奏樂」，說到「其他病人也都殘缺不全，這是這一帶常見的神經系統型痲瘋病所致」，他不想讓母親太難過，於是說那像是「恐怖片場景」；然而分離的場面實在讓人心酸：

> 病人們乘船回去，船離岸漸遠，歌聲悠揚，燈籠的微弱光芒讓這些人帶有鬼魅般的氣息。

從札記所記錄的他們與痲瘋病人的相處情景來看，他們確實做了不少好事，不只是給予治療，還與他們踢足球，與他們說話，態度上不帶偏見，也不出於父權思惟，而就是用人道的態度。我們可以感受到格瓦拉的革命精神已經開始萌芽。我要強調這幾句話：「如果說有任何事情可以讓我們全心全意爲痲瘋病貢獻自己，那就是我們一路上得到的病人們的善意。」若把痲瘋病比喻爲人類的所有不堪處境，說那話的時候還無法想像那份貢獻會是多麼認眞而深刻，讀過了這份充滿對照與教訓、和人生一樣有悲有喜的札記，我做出了一些評論——我不是從頭到尾評論，只是提出我的看法，最後我要用格瓦拉抵達加拉卡斯時的快樂畫面來作結：他披著毯子，看著周圍的拉丁美洲風光，「心上浮起各種詩句，耳旁聽著卡車的噪音」。

我就不再評論了，因爲啊，最後一篇「後記」所展現的恢弘視野與寬闊胸襟，不需要誰來評論，也不容許任何評論。我實在不知道這段難以測度的「天啓」到底該放在全書的最末還是最前面比較好。格瓦拉所看到的「寫在這個夜晚」的啓示，他的命運，等待「把人類劃分爲兩個敵對的陣營」的領導精神出現，而馬提認爲的我們的美洲「揚起它的驍勇，把新拉丁美洲的種子灑向這陸塊的浪漫國度和海上的悲傷島嶼」。這一篇就像一道充滿悲劇色彩的閃電，讓我們看見一個自稱爲「二十世紀小兵」的靈魂深處的「神聖空間」。我們將會懷抱一個不死的希望，期待這個人永遠在路上，手持盾牌，腳踝間感覺到「羅西南特的肋骨」④。

革命前夕的摩托車之旅

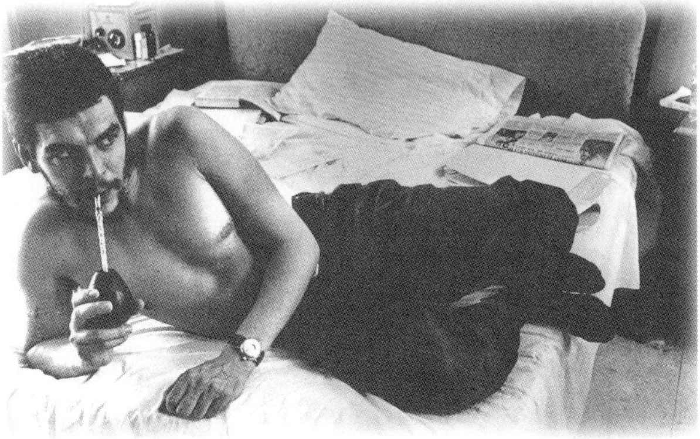

醜話說在前頭

這不是一個關於英雄行徑的故事，也不是某個憤世嫉俗者的見聞；至少那不是我在寫它時候的初衷。這是兩個有共通精神與相似夢想的生命體一起走過的一段經歷。在九個月的時光裡，可以出現在一個人腦子裡的事情多得不計其數：從對哲學的沈思到對一碗稀湯的渴望都有可能；不過，如果與此同時這個人又算是個冒險家，他就可能會經歷一些別人會感興趣的事，而他順手寫下的文字，也大約會像這本札記。

錢幣已經拋了起來，正在翻轉當中，有時轉到頭像那一面，有時轉到字那一面。我將要透過我的嘴巴，用我自己的語言，重述我雙眼的所見。有可能錢幣轉了十次頭像那一面，而我只看到一次字那一面，也有可能是相反。對這一點，我沒有什麼好辯白的，畢竟，我的嘴巴只能說出我眼睛所看到的東西。況且，即使這本日記的觀點眞有偏頗之嫌，也已經沒有誰可以被怪罪了，因爲，寫這本日記的那個人，在他重新踏足阿根廷土地的那一天，就已經死了。組織和打磨過這本日記的那個我，早就不再是我了；最少，現在的我，已不再是過去的那個我了。漫遊南美洲對我所造成的改變，遠超過我所能預見。

一本有插圖的書，可以讓你們對一片沐浴在月色下的風景一目瞭然。不過本書沒有插圖，所以讀者不可能知道當時投映在我視網膜上的是些什麼樣的光與影（其實我自己又何嘗清楚地意識到呢）。想從這本書的書頁上找出當時的精確景象，純屬徒勞。除非各位對我日記裡所描繪的人事物確有所知，否則，你們除了接受我的觀點以外，別無選擇。好吧，現在就讓我把過去的那個我，移交給你們吧……

行前

那是一個十月的早晨。我利用十七日這個假期⑥去了科多巴一趟。我和阿爾貝托．格拉納多坐在他家的葡萄棚架下，喝著馬黛茶⑦，談論最近發生的時事，並擺弄那台拉波特拉撒型（La Poderosa II）⑧機車。阿爾貝托還在抱怨他被迫從聖法蘭西斯科瘋瘋隔離村辭職這件事情；現在他在埃斯皮諾醫院的工作，薪水很微薄。我跟他一樣，也是被迫辭職的，但我很高興可以離開那個地方。我覺得坐立不安。我是個夢想家，嚮往無拘無束的生活；我受夠了醫學院、醫院、考試這類無聊透頂的事情。

天馬行空的幻想把我們帶到了遙遠的國度，我們想像自己正在駕著帆船，在亞洲的熱帶海洋上旅行。阿爾貝托突如其來提了一個問題：「我們幹嘛不去北美⑨走走？」

「北美？怎麼個去法？」

「騎拉波特拉撒去啊，老弟。」

這就是我們旅程的由來；它的緣起並未超出我們那時候一貫的做事原則：即興。這時，阿爾貝托的兄弟們也湊了進來，喝了一輪馬黛茶；他們也鼓勵我們，不要放過任何化夢想爲現實的機會。接下來，我們就得申請簽證、護照之類各種現代國家爲阻礙人們旅行而設下的路障了。爲了怕被人取笑，申請證件的時候我們只說我們要到智利。在出發前，我的主要任務是盡可能通過多項學科的考試，而阿爾貝托的主要任務則是保養他的摩托車和研究行車路線。在當時，我們對此行的非凡意義懵然無知，只看到路途上的沙塵和機車上的自己，一公里又一公里往北前進。

發現大海

一輪滿月把千萬道銀光灑落在波浪之上。我們坐在一座沙丘上，注視著潮起潮落，各想各的心事。對我而言，大海是一個胸腹之交：它會傾聽我訴說的一切，而不會洩漏一字一句；在我有需要時，它也會向我提出忠告（只要願意傾聽的人，就聽得懂它的話語）。對阿爾貝托而言，眼前則是一幅嶄新而奇異的景象。都快三十歲了，阿爾貝托今天才頭一遭看見大西洋，難怪會完全被它茫無涯涘的開闊所鎮懾。清新的風把大海的力量和情緒注滿了我們的感官，凡是被風碰觸到的，都轉變了。

就連「回來」⑩，也目不轉睛瞪著我們面前那條在一分鐘裡滾動好幾回的銀色緞帶。「回來」是一個象徵，也是一個倖存者。牠是一個象徵，因爲牠象徵著我會再度回來的承諾；牠是一個倖存者，因爲牠雖然從摩托車後方的行李袋裡掉下來過兩次，被馬踩過一次，又受到痢疾之苦，仍然安然無恙。

在馬普拉塔（Mar del Plata）以北的吉賽鎭（Villa Gesell），我們受到了我舅舅的款待，也獲得了走完一千兩百公里路之後的第一次物資補給。這一千兩百公里應該算是全程最好走的一段路了，儘管如此，它仍然教會我們敬畏距離。不管我們能否走完全程，此行的艱鉅已可以想見。阿爾貝托把他原先擬好的行程表拿出來自嘲了一番，因爲如果按照這個算分算秒的進度表前進，我們早就該接近終點了。

離開吉賽的時候，我們的摩托車載滿了我舅舅「贊助」的蔬菜和肉類罐頭。他要求我們在到達巴里羅切（Bariloche）⑪之後給他發一通電報，好讓他可以根據電報的號碼買一張樂透彩券。我想，這太誇張點了吧。而其他人則說出像「騎摩托車總比慢跑來得好」之類的漏氣話。我們決心要證明給他們看，他們是錯的。不過，一種油然而生的憂慮感讓我們不太敢在別人面前張揚我們的自信。

在沿海岸公路行進中途，「回來」仍不減牠不時飛出車外的興致，有一次甚至是頭先著地，幸好都沒有受傷。我們的摩托車因爲載太多東西，重量分布不平均，所以不好操控。我們在一個肉攤子前面停下來，買了些肉來烤，也順道給「回來」買些奶喝，但牠連碰都不碰。我並不心疼買奶的錢，倒是擔心牠是不是哪裡不舒服。我把買來的肉放進口中一嚼，才知道那原來是馬肉，肉很甜，簡直難以下嚥。吃膩之後，我把一小片肉丟了出去，「回來」立刻狼吞虎嚥把肉吃掉。我很訝異，如法炮製一次，牠也是毫不猶豫把肉給吃掉。我這才知道，餵奶法可以休矣。在人們歡迎「回來」的喧鬧聲中，我在米蘭馬（Miramar），進入了一段……

……相思的挿曲

這份札記的本意不在於記述我在米蘭馬的日子。「回來」在米蘭馬見到了牠的新主人——正是爲了這個新主人的緣故，我才會把「回來」命名爲「回來」。在米蘭馬，我們的旅程陷入進退兩難之境。我在考慮答應一段感情。

阿爾貝托看出我的猶豫，而且做好心裡準備，接下去的路途只會剩他一個人走；但他沒有試著改變我。角力賽眞正的兩造是她和我。當我終於得勝，離開米蘭馬的那一剎那，我的耳畔迴響起了西爾瓦（Otero Silva）的⑫詩句：

我站在船上
雙腳被水花賤濕
我的心
擺盪於她與街道之間。
能讓我掙脫她的眼神、
她的臂彎的
是怎麼樣的一種力量！
她站在雨絲和玻璃窗後
悲哀的淚水如泉湧
卻喊不出口：等一等，
我要跟你一道走！

不過，我不敢確定，當一塊無根的浮木終於被海浪沖刷到某個它尋索已久的灘岸上時，是否有資格說：「我贏了！」不過那是以後的事，與現在無關。經過了兩天像橡皮一樣繃緊的狀態，處在要說再見的淒美情緒之中，我終於發現自己還是朝向冒險這一端移動，我想看外面的奇異世界，我想體驗各種我以爲應該很正常（後來才知道，其實不然）的經歷。

我記得那天我的朋友「海洋」把我從我以爲註定要墜落的地獄裡救了出來。海灘空無一人，冷風颼颼。我的頭，枕著那片把我丟進如此試驗境地的腿膝之間，沈醉於周遭一切。整個宇宙都循著我內心的聲音而跳動。突然颳起一陣強風，帶來另一個海的聲音，我覺得驚訝，抬起頭，然而似乎沒有發生什麼，只是虛驚。我又躺下，枕回那片我親愛的腿膝上。這時，我聽到了大海的最後一次警告。它粗嗄而渾厚的節奏，擊打著我內心的堡壘，幾乎要擊垮我內在的寧靜了。

我們都覺得冷了，於是離開了海邊，逃離那不肯放過我的惱人所在。大海在這一小片海灘上跳舞，不顧自己的永恆節奏，却發出音符警告我，要我三思。

任何優秀探險者的第一守則都是：探險有兩個端點，一端是出發，一端是到達；如果你希望第二個理論上的點會變成現實上的點，就不能去想中間的過程。因爲旅程是一虛擬的空間，在行程結束時就結束了，而有多少種結束，就會有多少種方法。

換句話說，方法有無限多種。

我還記得阿爾貝托的忠告：「留下她的手鐲吧，否則你就不是你以爲的那個你。」

「齊琴娜，那個手鐲……妳可不可以送給我，好讓它沿路指引我，並讓我想起妳？」

可憐的女孩！我知道她不像別人說的，是因爲心疼手鐲是以黃金打成；當她的手指拾起了手鐲，是在稱量我的愛。我眞心這樣認爲。阿爾貝托說（我覺得他的口氣有點調皮），不需要特別敏感的手指也能掂出我的愛有二十九克拉重。

切斷最後的聯繫

我們的下一站是尼可奇亞（Necochea），阿爾貝托有一個大學時代的朋友在那裡行醫。我們只用了一個早上就輕輕鬆鬆到達，剛好趕上午飯時間。阿爾貝托的醫生朋友衷心歡迎我們的造訪，但他太太就沒那麼熱絡了，看來她是怕她老公會被我們那種波希米亞式的調子傳染。

「你們再一年就能當上醫生，現在卻要遠遊，而且還不知道什麼時候才會回來，爲什麼？」

我們沒能給她一個滿意的回答，她有點不快。她對我們保持著形式上的客氣，卻隱藏不了她的敵意。其實，這根本沒有必要，因爲她應該知道，他老公根本不是我們「超度」得了的那種人。

在馬普拉塔的時候，我們拜訪過阿爾貝托的另一位醫生朋友，而由於他是一名裴隆黨人，所以各種特權應有盡有。至於在尼可奇亞的這一位，則始終忠於自己的信念，站在激進派這一邊。但無論是裴隆黨還是激進派，都不是我和阿爾貝托贊成的立場。我從不考慮支持激進派，而阿爾貝托雖然一度接近過激進黨，但現在也是離得遠遠的。在尼可奇亞待了三天以後，我們就跨上摩托車，向布蘭卡港（Bahia Blanca）進發。上路以後，我們覺得寂寞了些，但也覺得自由了些。在布蘭卡港也有朋友在等著我們，這一次是我的朋友。他們對我們的款待慷慨而誠摯。我們在這個南方的港口盤桓了好幾天，時而修理機車，時而到處閒逛。這也是我們不用愁錢的最後日子。每當我們吃麵包的時候，它都會向我們發出警告：「老兄，再接下來要吃到我可沒那麼容易了！」於是，我們便盡量吃喝，想學駱駝那樣，出發前盡可能在肚皮裡多多儲存一點東西。

預定出發的前一個晚上，我發了點燒，迫使我們把離開的日期延後了一天。我們從布蘭卡港開拔的時間是下午三點。我們頂著火辣辣的太陽前進，而當我們到達梅蘭奧斯（Médanos）四周的沙丘地帶時，溫度有增無減。我們的摩托車由於載重太不平均，所以老是打滑。阿爾貝托跟黃沙艱苦纏鬥，並在最後宣稱自己打了勝仗。事實上，我們滑倒在沙中的次數多達六次。當然，我們最後還是駛離了沙丘區，我的搭檔因此認爲自己是贏家。

接下來換我掌舵。我加快速度，一心想彌補剛才損失的時間。不過，在行經一段鋪滿細沙的彎路時，我們又翻了一次車：全程中最嚴重的一次。阿爾貝托毫髮無傷爬了起來，我就沒那麼幸運了：我被汽缸燙到了腿，留下一個過了很久才痊癒的傷口。

一陣突如其來的大雨傾盆而至，我們趕緊把摩托車往大約三百公尺開外的一座莊園騎過去。通向莊園的路是一條有坡度的泥巴路，途中我們又摔倒了兩次。今天是我們自出遠門以來第一次走未鋪柏油的路，它們很歡迎我們，但我們應該提高警覺：一天之內翻了九次車。躺在露營墊上——這是我們此後的床——絲毫沒有減低我們對未來的憧憬。我們覺得自己呼吸到了更輕快而自由的空氣——一種充滿冒險味道的空氣。我疲倦的雙眼不肯睡，眼中一對綠點在旋轉，它代表著被我捨棄的世界，同時嘲笑著我想尋找的自由。它們在努力描摹我非比尋常的跨越土地和大海之旅。遙遠的城市、英雄行動、漂亮的姑娘——在我們的想像力裡盤旋。

唯一有效的感冒藥：床

一路無事，摩托車吐出了無聊的氣，我和阿爾貝托則吐出疲累。在砂礫路上騎車，會使得原本覺得好玩的旅遊變成苦差事。我們本來想騎到邱雷邱（Choele Choel）才停下來，因爲邱雷邱是個較大的市鎮，比較容易找到白吃白住的機會，但快到傍晚的時候，我們已經累得不成人形，所以到了班雅明索里利亞（Benjamin Zorrilla）就打住了。我們借宿在火車站的一個房間內，頭一沾枕，我們就熟睡得像兩根木頭。

我們第二天起得很早，但我去取水泡馬黛茶的時候，一種奇怪的感覺傳遍全身，隨後便一陣顫抖。十分鐘以後，我就像一個被鬼神附身的人一樣，抖得完全不能自已。我服用了帶在身上的奎寧藥片，但一點用都沒有。我的頭像一面敲擊著奇怪旋律的鼓；各種怪異、無形狀可言的色塊在房間的四壁旋轉。胸口一陣鬱悶使我大吐了一場。我一整天都處於這種狀態，完全無法進食；到了傍晚，我覺得勉強有一絲氣力，便跨上摩托車，挨在阿爾貝托背上，往邱雷邱馳去。我們直奔巴利瓦醫生那裡。他是一家小醫院的院長，也是議會的議員。他很親切地接待我們，還給了我們一個睡覺的房間。他給我服了一些盤尼西林，四小時以後，我的燒就減低了。

我的身體慢慢恢復了過來，但每當我提出要離開的時候，巴利瓦醫生總是搖著頭說：「感冒的唯一處方，叫做床。」所以，我們在他的小醫院裡停留了好幾天，被當成貴族一般招待。阿爾貝托爲穿著病人服裝的我照了一張相。我的樣子看起來很糟糕：形容憔悴，兩隻大眼空洞無神，下巴一叢亂糟糟、滑稽可笑的大鬍子（這鬍子的形狀在接下來幾個月沒改變過）。可惜照片沒有拍好，否則它將是一個很有價值的見證：說明我們擺脫了「文明」，邁入全新階段。

一天早上，巴利瓦醫生不再像往常那樣搖頭，於是我們不出一個小時就離開了醫院。

我們騎上車往西直奔，朝下一個目標前進：湖區。摩托車在鬧脾氣，表示它也承受了夠多壓力，我們不時就得修理一下車身。阿爾貝托最愛用鐵絲來修理車子。他老愛引用一句話說：「假如鐵絲能取代螺絲起子，那就用鐵絲，因為它比較安全。」我們舉雙手雙腳贊成這句話。一直騎到天色大黑。我們急於找到有人煙之處，因爲我們的摩托車沒有頭燈，不宜在黑夜中行進，而在露天的地方過夜可不是什麼愉快的事。我們手拿火把，緩慢前前，隱隱聽到些什麼怪聲，但分辨不出來是什麼聲音。火把不夠亮，無法讓我們看出聲音發自何處。我們找了一個地方，搭了帳篷，然後爬進去，一心想用睡眠來取代我們對飲食的需要（附近沒有水，而我們身上也沒食物）。不過，才一下子，傍晚的微風就轉成了一場狂風，把我們的帳篷掀了起來，讓我們暴露在越來越冷的空氣中。我們把摩托車繫到一根電線桿上，用帳篷把它蓋住，以資保護，然後躲到帳篷下面去避風。那不是個愉快的晚上，但睡意最終還是戰勝了寒冷、風聲和其他的一切。隔天早上九點醒來，太陽高高掛在頭上。

在大太陽底下，我們發現，原來昨天晚上聽到的怪聲就來自我們的摩托車：車頭的一根桿子斷了。我們得先想辦法把它固定起來，再找個城鎮，把斷掉的桿子換掉。我們把東西收拾好，再次踏上征途，完全不知道還要走多遠才會碰到人家，所以當車才轉了個彎就有一棟房子出現在眼前的時候，我們的驚訝可想而知。房子的主人以上好的烤羊肉款待我們，使我們受寵若驚。再騎上二十公里的車，我們就到了一處名叫老鷹石（Piedra del Aguila）的地方，找到了可以更換摩托車零件的地方。由於天色已經很晚，我們決定在修車間內借宿一宵。

第二天，我們向聖馬丁洛安地斯（San Martín de los Andes）邁進。沿路又翻了兩三次小車，但車子的受損程度都很輕微。眼看要到達目的地之際，我們在一個佈滿砂礫的彎道上狠狠翻了一次車（當時是我負責駕駛）。我們把車扶起，發現車身受損，以及一件我們最不樂見的事情：後胎破了。為了換掉這破胎，足足花了我們兩個小時（我承認我們沒有很賣力）。下午時分，我們在一家莊園落腳。這莊園的主人是個好客的德國人，碰巧以前招待過我的一個叔叔（我這叔叔也是個有旅遊癖的人）。莊園主人允許我們在流經莊園的一條小河上釣魚。結果，阿爾貝托才把魚鉤扔下水，釣魚線就開始抖動：一條美麗虹鱒魚上鉤了。這條虹鱒魚豐腴鮮美（至少我們兩個餓鬼感覺如此）。我烤魚的時候，阿爾貝托再次下鉤，不過試了好幾小時都再也沒釣到魚。天色已暗，我們就在莊園工人的廚房打地舖過了一夜。

第二天早上五點，廚房中央的巨大爐灶就開了火，整個廚房瀰漫在煙霧之中。工人們傳喝著他們的苦味馬黛茶，而對我們正在喝的甜味馬黛茶擺出一副不屑的神情（這地區的人稱甜味的馬黛茶爲「娘兒們喝的」馬黛茶）。他們不太願意搭理我們，這也難怪，阿勞坎人（Araucanian）對於白人過去帶給他們的不幸和現在的剝削一直耿耿於懷。被問到關於這莊園或他們工作的種種時，他們會聳聳肩，答句「不知道」或「大概吧」，然後就沒有下文。

在這個莊園裡，我們還有機會大啖櫻桃。我和阿爾貝托在櫻桃樹上的吃相活像兩頭豬，彷彿是在比賽看誰能先把所有櫻桃吃光。莊園主人的一個兒子看到我們兩個「醫生」窮凶極惡的吃相，顯得有點疑惑，不過也沒說什麼，就讓我們盡情吃個飽。我們吃得太撐了，以致走起路來必須小心，以防腳踢到自己的胃。

把摩托車的腳踏發動器和其他一些小毛病修理過後，我們再度上路，朝聖馬丁洛安地斯出發，並在天黑前抵達。

安地斯山裡的烤肉大會

路沿著山腳蜿蜒前進，由這裡就進入了偉大的安地斯山脈；我們下了一個陡坡後，來到了本身不起眼、但四周有宏偉密林環繞的小城聖馬丁。聖馬丁坐落在一個黃綠相雜的山坡上，再往下，則是五百公尺寬、三十五公里長的拉卡湖（Lake Lacar）。這座湖被「發現」、成爲觀光勝地後，聖馬丁的氣氛就不同了，把交通問題加以解決，穩住了小城的生計。

我們本來的如意算盤是到當地的一家診所借宿，不過沒有被收容，那兒的人叫我們到國家公園管理處試試。管理處的主管同意讓我們在其中一間工具棚屋借住。後來夜間守林員也來到這間棚屋·,他是個一百四十公斤重的大胖子,表情很酷,不過對我們很好。第一個晚上我們睡在棚屋的稻草堆裡,舒適而溫暖。在寒冷的晚上,稻草眞的很管用。

第二天,我們買了一些牛肉沿湖邊漫步。在這裡,在參天大樹的環護下,文明被徹底擋在了外頭。我和阿爾貝托商量,旅行結束後回來這裡建一個實驗室。屆時,我們就可以站在高大的玻璃窗後面眺望湖面的冬日景致,可以在湖上泛舟釣魚,在這片處女森林裡作無窮無盡的漫遊。

過去旅行的時候,我也常常會碰到一些令我心動的勝地,但能像拉卡湖濱那樣令我心醉神迷的,就只有亞馬遜河的叢林地帶而已。雖然到後來,一連串的生活經歷讓我明白,當一個旅人乃是我的宿命,但我仍然會不時懷念阿根廷南部這些令人眷戀的所在。說不定有那麼一日,當我倦鳥思返了,還是會回到阿根廷來,定居於安地斯山的湖畔。

我們在黃昏時分踏上歸途,回到棚屋時天已全黑。令我們驚喜的是,佩德羅先生——也就是那位夜間守林員——竟已準備好烤肉，等我們回來吃。我們以葡萄酒回報他的盛情。盛讚烤肉好吃之餘，我們向佩德羅先生歎氣說，只怕很快我們就不會再有像這樣好的東西可吃了；他聽了以後告訴我們，湖濱將要舉行一場摩托車比賽，賽前主辦單位要辦一次烤肉大會，日期就在訂在這個星期天。他是承辦人員之一，需要兩個人幫忙，問我們有沒有興趣。「你們大概不會有酬勞，不過可以拿些肉上路。」

我們覺得這是個好主意，便答應屆時當他的助手一號、助手二號。

我們兩名助手懷著宗教般的敬虔等待星期天的來臨。星期天早上六點，我們開始把一堆一堆的木材和其他烤肉用的材料搬上貨車，運到舉行烤肉會的地點，之後，又把東西一一搬下，一直工作到十一點。開動的號令一響，所有人一起撲向那些令人垂涎欲滴的烤肉。

和一般烤肉大會一樣，這個烤肉大會所準備的食物遠遠超過全部客人的食量很多很多，所以我和阿爾貝托就毫不客氣，像駱駝一樣大吃大喝。我們還暗地裡耍了一些把戲。我假裝越喝越醉，不時要到溪水裡去吐一下，而每一次我都會把一瓶紅酒藏在皮夾克下面。我裝吐一共裝了五次，於是，在柳樹枝底下的河水中，也就多出了五瓶紅酒來。等烤肉大會結束，該把一切搬上貨車、送回鎮上去的時候，我開始假裝發酒瘋，跟負責人潘丹先生吵了起來，最後乾脆躺到草地上，不肯再動。阿爾貝托為我向潘丹先生道歉，並表示要留下來照顧我。當貨車的引擎聲隱去之後，我們馬上像兩頭小馬一樣奔向藏酒地點；有了這幾瓶紅酒，接下來幾天的飯菜就不會那麼單調了。

阿爾貝托率先跑到柳樹底下，但他把手探入水中以後，臉上卻出現怪異到了極點的表情。河水下面一瓶紅酒都沒有！一定是有人看穿我的醉態是假裝出來的，或是看到了我偷偷藏酒。總之，空空如也。我在回憶中尋索剛才是誰在笑看我的醉態，試圖從那些笑容中尋找蛛絲馬跡來說明誰是小偷。我絞盡腦汁，卻一無所獲。我們帶著一點點麵包和起司、好幾公斤的肉（我們工作的酬勞），靠自己兩條腿往回走。雖然我們酒足飯飽，心情卻很懊惱，倒不全是因為那些酒，而是因為自己竟然被耍。眞是難以置信！

第二天又冷又下雨。我們以為比賽大概會取消，便打算等雨勢稍緩再到湖畔去烤些肉吃。不過，當我們走近湖畔之後，才從擴音器中得知，比賽如期舉行。由於我們是烤肉大會的助手，所以得以免費入場，好好兒欣賞了一場阿根廷摩托車選手的精采比賽。

我和阿爾貝托打算再度上路，便開始討論各條路線的優缺點。這時，一輛吉普停在我們門前，原來是一群阿爾貝托的朋友來訪，他們就在離此不遠的夫寧洛安地斯（Junín de los Andes）工作。在一陣友善的互相擁抱後，我們立刻和他們出去——此乃這種場合的慣例——開懷暢飲一番。

他們邀我們到他們工作的地點一遊。出發前，我們把原本掛在摩托車上的箱子袋子全部拿下，車子騎起來於是輕快不少。

環湖

夫寧洛安地斯，不像它位於湖畔的表兄弟聖馬丁那樣幸運。它就靜靜位於一個被文明遺忘的角落，無法掙脫它死氣沈沈的生活方式，即使我們朋友的建築工作就是爲了讓小城有點生機也未果。我說「我們朋友」而不說「阿爾貝托的朋友」，是因爲我沒兩三下子就跟他們混得爛熟了。

當天晚上是在回憶往事和暢飲無限量供應的紅酒之中度過的。由於酒量不及他們訓練有素，未等散席我就投降了。爲了不辜負分配給我的那張好床，我睡得像豬一樣熟。

第二天我們在朋友公司的工作間裡修理了車子的一些小毛病。晚上，他們爲我們即將離開阿根廷舉行了隆重的送別宴：一頓牛肉羊肉的烤肉大餐，附帶美味的沙拉和麵包。如此這般經過了幾天的大宴小酌後，我們便出發去一探卡魯爾湖區。路況很差，我們的車幾次陷入沙泥之中。頭五公里就花了整整一個半小時。不過接下來路況改善，我們一路順風開到了小卡魯爾湖——一個翠綠的小湖，四周有林木茂密的山崗環抱。接著我們又到了比小卡魯爾湖大一點的大卡魯爾湖。摩托車無法沿大卡魯爾湖繞行，因爲這裡只有一條馬道（很多走私客利用這條馬道進出智利）。

我們把車子擱在一個護林員的小屋裡（他不在），然後出發去爬面湖的那座山。當時已接近午餐時分，我們身上只有一塊乳酪和一些醃製品。突然，一隻野鴨掠過了湖面。阿爾貝托把各種重點在腦子裡面飛快計算了一遍以後（諸如護林人員不在、那隻野鴨距離我們多遠、被抓到的話會不會被罰款），就立刻開槍。眞走運（我說的不是那隻野鴨），野鴨掉入了湖中。接下來，我和阿爾貝托開始爭辯，誰該下湖去撿野鴨。我輸了，只好脫去衣服，潛入湖中。湖水冷得什麼似的，我覺得自己猶如被十根冰冷的手指攫住，寸步難移。像我這樣對冷過敏的人，游完來回各二十公尺的泳、把野鴨撿回岸上的時候，已經幾乎凍僵。不過我的付出在吃烤鴨肉的時候獲得了補償；野鴨是當令的野味，加上肚子餓，我們覺得自己猶如吃了一頓人間極品。有了一頓豐盛的午餐打氣，我們爬起山來分外起勁。一群牛虻在我們四周嗡嗡飛舞，不放過任何一個可以叮我們一口的機會。由於我們既沒工具又沒經驗，所以攀爬的過程十分吃力；不過，經過了幾小時的奮鬥，我們終於登頂。但令人大失所望的是，山頂上並沒有我們預期中的開闊視野：無論望向哪一個方向，都有一座更高的山峰擋在前面。

我們在山頂的雪地裡漫無目的晃了十幾分鐘，看看天色馬上就要暗下來，便開始下山。

我們順著一條溪流下山，開始的一段路很好走，但接下來山勢漸陡，水勢也漸急，濕滑的溪畔讓路變得很不好走。在一處山崖邊，我們從一群柳樹之間攀爬而過，接下來又得穿過一片濃密而陰森的蘆葦叢。天已經全黑了，四周傳來了千百種怪異的聲響，我們在黑暗中每踏出一步，都像是踏入了虛空。阿爾貝托搞丟了他的護目鏡，而我的長褲也被扯破了。抵達樹木生長線以後，我們更是全神貫注，因爲在一片漆黑中，只要一個不留神，隨時都有掉入山溝的可能。

走出了一片感覺上沒完沒了的泥濘地以後，前面出現了一道溪流。我們認出了它是流入大卡魯爾湖的小溪。我們沿著溪往下走，樹木漸次消失，終於又重履平地了。忽然間，一隻雄鹿的巨大身影從溪流上一躍而過，月亮在牠身上泛出一片銀光——然後消失在灌木叢中。這個驚鴻一瞥的自然景致讓我們爲之心悸。我們用緩慢的步伐移動，唯恐打擾了這個大自然聖所的寧靜。

我們涉水而過（冰冷的湖水把我們的腳踝都冷壞了），回到護林員的小屋。護林員很慷慨和我們分享他的馬黛茶，又借我們羊皮鋪，讓我們可以一覺睡到天亮。這時是午夜十二點三十五分。

回程，我們騎得很慢，以便欣賞景色媲美大小卡魯爾湖的湖泊。回到聖馬丁之後，潘丹先生給了我們每人十披索，作爲當烤肉工的酬勞。

給媽媽的信

一九五二年一月，前往巴里羅切的路上

親愛的媽媽：

我知道妳沒有我的消息，但同樣的，我也沒有你們的消息，這令我感到憂心。我無法用這封短柬涵蓋這段日子以來發生在我身上的每一件事情，只能簡單告訴妳，在離開布蘭卡港兩天以後，我就發了四十度的高燒，躺了一整天。第二天我勉強繼續上路，而結果是住進了邱雷邱的地區醫院。在那裡，我服了一種很少見的藥（盤尼西林），休息了四天，才康復過來。

之後，我們善用素來的足智多謀，克服萬難，到達了聖馬丁洛安地斯。那是一個由處女森林環抱的地點，依傍著一個美麗的湖。有空的話妳務必要來此一遊，保證妳會有不虛此行之感。經過這麼多日的奔波，我們如今臉上都多了一層金剛砂的肌理。我們沿路向每一戶有林園的人家借宿求食。有一次，我們竟碰上了馮・普特拉曼爾家的莊園。普特拉曼爾是荷戈叔叔的朋友（三個荷戈叔叔中老愛喝醉和人最好的那一個）⑬。兩、三天內我們就會離開現在的所在地，向巴里羅切出發。如果妳的信能在二月十至十二日之間到得了那裡，請寄往當地的郵局給我。好了，媽，接下來我要寫信給齊琴娜了。請代我向家裡每一個人問好，也請在來信中告訴我，爸爸現在是不是在南部。讓我向妳獻上愛的擁抱。

在七個湖的路上

我們決定取道七湖路線前往巴里羅切。稱這條路線為七湖路線，原因很簡單：沿路會經過七個湖。一路下來摩托車只有少許輕微的機械故障，直到傍晚，車頭燈又不靈光了。我們借住在一個工寮中。天氣冷得半死，以致於竟有一個陌生人來敲我們的門，問我們借一張毯子。原來他跟他太太在湖邊露營，冷得受不了。我們去到他們的帳篷那裡，跟他們分享了一些我們的馬黛茶。這對儉僕的夫妻在湖邊過了幾天，只靠一頂帳篷和背包裡的一些物件。我們眞是相形見絀。

第二天，我們沿著不同大小的湖泊（全都有古生的森林圍繞）向前行進。大自然的氣味輕撫著我們的鼻孔。說來奇怪，看久了湖泊、樹林、有整齊花園的獨棟房子這樣千篇一律的景物以後，忽然產生一種乏味感。我這才明白，只看一個風景區的表象，而沒有深入它精神的背後，久了就會讓人生厭；但要深入一個風景區的精神背後，又非得花上好幾天的時間不可。

我們最後抵達了位於最北端的納韋爾華比（Nahuel Huapí）湖，飽餐一頓烤肉以後，就在湖邊小睡片刻。待我們再度上路，我們感覺後輪有點漏氣，於是便跟後輪的內胎展開了一輪乏味的肉搏戰。每當我們把內胎的一邊補好以後，另一邊便又開始漏氣，最後我們把全部補胎用的補丁都用光了。眼看著我們非露宿野外過夜不可之際，一個奧地利人向我們伸出了援手。他是附近一戶人家的管家，年輕時是一個摩托車賽車手。他想幫同是騎摩托車的我們，但是怕他的主人不高興，不過他最後還是把我們安置在一間棚屋之中。

他用一口破西班牙語告訴我們，附近有一頭美洲獅（puma）出沒。「美洲獅不怕攻擊人，牠們有一頭金色的大鬃毛。」

我們走近了棚屋，發現它的門很像馬廄的門，分爲上下兩扇，而只有下面的一扇可以上鎖。睡覺時，唯恐美洲獅會半夜造訪，我把左輪手槍握在手裡。大約破曉時分，門上傳來了一陣爬抓的聲音，把我吵醒。在我旁邊的阿爾貝托跟我一樣，緊張得屏息靜氣。我緊握著手槍，指向門上。門的上半部被推開了——在樹木的陰影中，露出了一對明亮的眼睛。接著，一個黑色的軀體像貓一樣從門的上半部躍了進來。

本能驅使我扣下了扳機。如雷的槍響聲在四壁迴盪了好一會兒，接著是一聲絕望的尖叫和一個火把的火光。那個奧地利管家和他太太出現在我們面前。他太太把身子彎向地上的屍體，歇斯底里地啜泣。驚嚇得說不出話的我們這才知道，躺在地上的不是什麼美洲獅，而是波比——奧地利管家的太太所養的壞脾氣愛犬。

阿爾貝托把輪胎拿到安戈史圖拉（Angostura）修理，而我則作好晚上露宿野外的心理準備——你總不能殺了人家的狗以後，還指望對方會收留你。幸好我們車子拋錨的地點離一個工人的住處很近，他讓我借宿在他家的廚房。跟我一起在廚房裡打地鋪的還有他另外一個朋友。

午夜時分，我聽到了下雨聲，便爬起來，打算去爲摩托車蓋一塊防水布。由於覺得氣管有點怪怪的（當枕頭用的那塊羊皮引起的），我便伸手要把氣喘吸入劑掏出來吸了幾下。這時，我的「室友」醒了過來。我吸吸入劑的聲音令他震動了一下，接下來，他一動也不動，屏住呼吸，身體變得很僵。雖然他裹著毛毯，但我感覺得出來，他手裡拿著一把刀子。由於不想重蹈昨天晚上那條狗無辜被殺的覆轍，我決定什麼也不幹，繼續睡我的覺。

我們在隔天的黃昏抵達巴里羅切，晚上就借宿在警察局的廚房裡。明天，我們就得乘坐「端莊維多利亞號」，離開阿根廷，進入智利了。

「我感覺我的根部裸露在土外，自由自在……」

窗外狂風怒號，我在警察局的廚房內一再重讀那封不可思議的信。突然間，毫無理由的，我對家的思念，對米蘭馬那雙目送我的眼睛的思念，漸漸模糊。一股巨大的疲倦感襲向我。在半醒半睡中，我聽到一個曾環遊世界的囚犯，在向一群聽眾述說著一千個他編造出來的異國故事。我可以聽見他那充滿誘惑性的一字一句，可以看見聽眾聚精會神的樣子。我又看到——彷彿穿過一層霧團——一個我們在巴里羅切認識的美國醫生頷首對我說：「你們到得了任何你們想要到的地方，你們很有膽子。不過，我想你們會在墨西哥長住下來，那是一個很棒的國家。」

突然我發現自己和一群水手航行到了極遙遠的國度，一個比我原定要去的地方遙遠得多的國度。一陣深深的不安籠罩著我。我爲自己感到擔心，並著手寫一封感傷的信，但怎麼樣也寫不出來。

在半明暗中，各色人等的幻影在我眼前盤旋，唯獨沒有「她」的影像。我以爲我愛著她，但此時此刻的我，卻無法想起她的樣子來。我努力回想；我必須把她的樣子回想起來，她是我的，是我的，我的……我睡著了。

我們在溫暖太陽的照耀下離開阿根廷的土地。要把摩托車弄上「端莊維多利亞號」不是件易事，但我們還是做到了。把它弄下船又是另一件難事。我們來到了湖邊的波多布萊斯特（Peurto Blest），走了三四公里左右，我們又來到了一個湖，一個髒兮兮的墨綠色富萊亞斯湖（Lake Frias）。

終於來到了海關，然後是智利的移民檢查站，這邊的海拔很高。我們又越過一座湖，這湖水來自於特羅納多河（Tronador River），而這條河發源於納羅納多火山。這座叫做艾斯莫拉達（Esmeralda）的湖，與阿根廷的湖不一樣，它的河水平靜而美麗，讓人很想在湖裡洗澡，那一定會是件令人非常愉悅的事。

位於群山之上的卡薩潘古（Casa Pangue）有一個瞭望台，從這裡可以眺望智利的狹長全景。我覺得自己彷彿站在一個十字路口；我往前望是屬於未來的智利，往後望是屬於過去的阿根廷，心中喃喃唸起西爾瓦的詩句⑭。

別人好奇的對象

搭載我們摩托車的那艘老船，一直在漏水。我壓著幫浦在抽水的手沒停過，腦子裡的胡思亂想也沒停過。我們是用付出勞力的方式來換得兩人和摩托車的船票。同船有個醫生，先前是搭了汽艇橫越艾斯莫拉達湖而來的。他走經我們用來固定住摩托車的笨重機械裝置，見我們拼命使力好讓老船不致下沈，而裸著身的我們簡直快要沒入油膩膩的水裡，他臉上露出不解的表情。

這一路上認識了好些醫生，我們都跟他們談痲瘋病的話題。那幾位住在安地斯山另一頭的同行，被我們那些略為添油加醋的話吸引，因為他們在智利從未見過痲瘋病人，對這種疾病一點概念都沒有。他們告訴我們，在智利的復活節島（Easter Island）上也設有一個痲瘋隔離村，不過裡面的痲瘋病人並不多。他們又說復活節島風景很棒，而且肯定能夠滿足我們的科學胃納。這醫生說我們的旅行「非常有意思」，如果我們想到復活節島一遊，他願意提供一切必要的幫助。不過，我們剛剛在智利南部過了幾天吃飽玩夠的日子，也還沒變得厚顏無恥，所以只表示，請他寫封信為我們向復活節島之友會的會長引薦即可，他欣然答應。

航程的終點站在佩脫胡（Petrohue），我們跟每一個人道了再見。有好幾個巴西妞和一對來自歐洲不知哪個國家的博物學家夫婦拉著我和阿爾貝托拍了些照；那對夫婦還禮貌性地向我們要了地址，說是要把照片寄給我們。

我們在鎮上碰到一個人，他有一輛旅行車，卻臨時找不到司機，便請我充數，載他們到奥索諾（Osorno）去。我臨陣磨鎗，向阿爾貝托匆匆上了一堂換檔的課，便戰戰兢兢就了司機的位置。剛開始，我就像卡通影片裡面的人物，把車子開得跌跌撞撞。每碰到一個拐彎都是一次折騰：踩煞車，踩離合器……老天啊……好險，媽呀！路沿著奧索諾湖畔蜿蜒伸展，湖對岸有一座同名的山，景色十分幽美，不過我可沒有閒工夫欣賞風景。說來我運氣不錯，全程唯一一次意外，是在我尚未熟悉踩煞車和離合器這些玩意以前，路旁突然衝出一頭豬。

到達奧索諾以後，騎車閒晃了一陣，我們便繼續朝北而去。沿路是令人心曠神怡的智利農村地區，放眼望去，土地被劃分成一塊一塊，每一塊地都種了某些作物，跟阿根廷貧脊的南部大異其趣。智利人很好客，我們不論走到那裡，都受到熱情的款待。我們在一個星期天的早上到達瓦爾迪維亞港（Valdivia）。我們在城內到處溜躂，還跑到當地《瓦爾迪維亞信使報》的報社去串門子，結果他們為我們寫了一篇很友善的報導。瓦爾迪維亞正在慶祝建城四百週年，我們來這裡，也是為了向這個城市以之命名的那位偉大探險者⑮致敬。報社的人建議，要是想到復活節島走走的話，不妨寫封信給法耳巴拉索（Valparaiso）的市長摩連納斯•路科（Molinas Luco），相信會有幫助。

港口內堆著很多我們以前從未見過的貨物，市場裡到處是我們在家鄉見所未見的食物，智利式的木屋很特別，本地農人的服裝也很特殊。智利這裡仍然保有一些道地美洲的東西，這可能是由於在智利的盎格魯薩克遜移民沒有和本地人融合，不像阿根廷幾乎已經沒有了本地種族。

不過，縱使智利和阿根廷之間的語言和風俗有種種不同，有一件事情倒是並無二致，那就是每當有人看到我穿那條褲管只及小腿肚的褲子時，都會開我的玩笑說：「給它多澆些水吧。」這條不合身的褲子倒不是什麼新潮時裝，而只是我從一個矮個子朋友那裡接收過來的衣物。

阿根廷來的痲瘋病專家

智利人的好客與友善是讓我們在這個鄰國旅遊時備感愉快的原因之一，而我們也好好兒享受了這種好客精神。我從一張很舒服的床上醒來，感受著一張好床的價值，並盤算著昨天晚上那頓美食包含了多少卡路里。我回顧了近日發生的事：摩托車的輪胎在半路漏氣，害我們在雨中困在荒郊野外進退不得；我們遇到了勞爾的慷慨幫忙（他就是我們現在躺著的床的主人）；我們接受了德慕科的《南方報》的採訪。勞爾是個獸醫系的學生（看來不是個多認真的學生），擁有一輛貨車，就是拜他的貨車之賜，我們和我們的車才到得了這個位於智利中部的寧靜小鎮。老實說，我們這位朋友說不定曾經覺得後悔搭載了我們，原因是我們害他一夜沒得好睡。不過這不能怪我們，他自己要負責任。誰叫他在我們面前吹噓自己花了多少錢在女人身上，又建議我們和他一道去一家「酒家」消磨，而且當然是他出錢。我們就爲了他的邀請而在詩人聶魯達（Pablo Neruda）的家鄉多待了好一會兒，而且陷入了一場爲時頗長的吹牛大賽裡，最後勞爾當然擺脫了作東的問題，他缺少資助，我們只好下次再去那個有意思的娛樂場所，不過爲了補償我們，他願意提供床給我們睡，並招待幾餐飯。於是在深夜一點鐘，吃得飽飽的我們，佔用了主人勞爾的床；由於勞爾的父親被調職到聖地牙哥⑯，帶走了大部分的家具，所以他家裡沒有多餘的家具。

阿爾貝托睡得像死人一樣，即使大太陽也奈何不了他。我慢慢換上我的日間服，這費不了多大的勁，因爲我的日間服和夜間服的差異只是一雙鞋子而已。這裡報紙的頁數多得可以，不像我們阿根廷的日報那麼小家子氣。不過，整份報紙讓我感興趣的只有一則報導，這則報導的大標題是「兩位阿根廷痲瘋病專家騎機車漫遊南美」，小標題是「他們在德慕科，計劃前往拉帕努耳。」

這眞是三言兩語就說出了我們的厚臉皮。文章中說我們是兩個很有經驗的痲瘋病專家，治好過三千個病人，了解南美洲上每一個大城市和它們的衛生環境狀況；探訪德慕科這個幽美如畫的寧靜小鎭，是我們預定行程的一部分。我和阿爾貝托希望這裡的人能了解我們對此地的敬重之意，不過現在還不得而知。沒多久，勞爾全家人就圍在報紙四周細心讀這段報導，完全置報上的其他新聞於不顧。就這樣，我們陶醉在他們的讚美聲中直到我們向他們告別，而後把他們忘得一乾二淨，連名字都不記得。

先前我們把摩托車寄放在市郊一戶人家的車房裡，我們現在正要到那兒去取回車子。不過，在車房主人的眼中，我們已經不再是兩個推著破機車的流浪漢了——我們現在可是「專家」了，而別人也把我們當成專家來對待。我們花了大半天的時間修理摩托車，一個黑黑小小的女僕，不時給我們送來飲食。五點鐘，吃完主人爲我們準備的一頓豪華「點心」後，我們便向德慕科說再見，朝北而去。

困難越來越多了

一上路，摩托車並沒有鬧什麼彆扭，但出城沒多久，後胎就開始漏氣。我們費盡九牛二虎之力把備用的內胎換上，發現它也還是會漏氣。看樣子又得露宿野外了——且慢，我們現在可是專家呢，所以未幾我們就找到一個鐵路工人，把我們帶回他的住處，像接待皇帝老子一樣接待我們。

第二天早上，我們把內胎和外胎拿到昨日那戶人家的車房去修補。待一切妥當，已差不多是日落了。臨走前，主人邀我們用了一頓由牛胃和其他類似菜餚構成的典型智利餐。每一道菜都很辣，拌著美味的烈酒下肚，其味無窮。一如往常的，智利人的好客讓我們連站都站不起來。

這樣的狀態自然騎不了多遠，我們騎了不到八十公里，就在一個護林員的住處前面停了下來，向他借宿一宵。這個護林員希望我們能給他一點小費，而由於我們沒有滿足他的願望，所以第二天早上沒能得到他的早餐招待。我們帶著鬱卒的心情出發，打算騎上幾公里以後再找個地方生火泡馬黛茶喝。才走一點點的路，車子就在毫無預警的情況下失控，突然往旁一偏，把我跟阿爾貝托都摔到了車外。我們很走運，都沒有受傷。我們檢查了車子，發現一根操作桿斷了，更慘的是齒輪箱被撞壞了。車子沒法子騎了，我們無計可施，只能坐在路旁，等一輛好心的貨車經過，載我們到下一個市鎮。

一輛跟我們反方向行駛的汽車停了下來，問有無需要幫忙之處。他們說，無論我們兩位大名鼎鼎的科學家需要什麼，他們都樂於效勞。「我在報上看過你們的照片。」其中一個這樣說。不過他們實在幫不上什麼忙，因爲我們需要的是一輛跟他們朝不同方向行駛的貨車。謝過他們以後，我們便坐了下來喝馬黛茶。後來，附近一間小木屋的主人請我們到他家小坐，結果我們在他的廚房喝了好幾公升的酒。他給我們看一樣他的樂器：一塊釘著兩個空罐子的木板，鐵罐之間繫著三四根兩公尺長的鐵線。彈奏時，他先戴上一種類似金屬指環的東西；這樂器的聲音聽起來像是玩具吉他。大約十二點左右，一輛卡車經過，在我們的苦苦哀求下，司機終於答應載我們到下一個城鎮，勞塔羅（Lautaro）。

我們把摩托車送進了此間的一家車房，還找了個人來幫我們焊接；這個人名叫盧納，是個好心的小伙子，他請我們到他家用過午餐幾次。我們把時間分別花在修車和在善心人士的家裡白吃白喝。車房隔壁住著一戶德國人家，待我們也不薄。我們就夜宿在當地的軍營裡。

等車子修得差不多了，預計隔天便可上路的那天，我們應在這裡認識的新朋友之邀，前去開懷暢飲一番。智利酒是很好的酒，我以驚人的速度給自己灌了不少，所以，當我們一夥人前去跳舞的時候，我已經預期好什麼事都有可能會發生。那是一個很舒適的黃昏，我們肚子裡和腦子裡全都灌滿了酒。一個車房的技師——一個好人——請我代他跟他太太跳舞，因為他剛才把好幾種酒混著喝，不堪再旋來轉去。

他太太又野又漂亮，而且顯然興致高昂；而我由於滿肚子的智利酒在作怪，跳了一陣子舞以後，竟拉著她的手要把她帶到外面去。她起初沒有拒絕，但後來注意到丈夫在瞪著我們，便改變了心意。這時的我已不知理智爲何物，竟在眾目睽睽下硬把她拉向一扇門。她想踢我，不料重心不穩，一屁股摔倒在地。阿爾貝托和我被一群憤怒的人從後面追著打，他邊跑邊抱怨，怪我害他少喝了不知多少那太太的丈夫本來會請客的酒。

拉波特拉撒的最後日子

第二天我們起得很早，以便盡快把摩托車剩下的少數幾處待修的地方修妥，好離開這個不再友善的地方。不過，我們沒拒絕修車場隔壁那戶人家的午餐邀宴。

出發時，阿爾貝托有不祥之感，所以不願意司駕駛之責，這個任務便落在我身上。騎出了幾公里以後，停下來修了一次齒輪箱。接下來，在轉一個急彎的時候，由於車速太快了一點，腳煞車的螺絲竟然掉了下來；這時，一群牛群突然出現在彎道的另一頭。我猛握手煞車，沒想到手煞車竟也應聲而斷——大概是因爲焊接得不夠實在的緣故。一會兒，我眼前只見模糊的牛隻形影往我們兩旁飛，而摩托車急速往下坡衝。奇蹟似的，我們只擦上了最後一頭牛的腿部。眼看前方是一條湍急的河流，我朝向旁邊一扭，摩托車衝上了兩公尺高的河岸，我們摔落在兩塊石頭之間，兩人都沒有受傷。

還是拜那則報紙報導之惠，我們得到了一個德國家庭的款待。睡到半夜，我肚子突然一陣劇痛；爲了不想在人家的被鋪底下留下什麼紀念物，我趕緊把屁股挪到窗台外，瞄準下面的黑暗地帶一瀉滿腹的不快。第二天早上，我望向窗外，發現在兩公尺下面的地方，是個錫皮屋頂，上面有一坨東西，正被太陽慢慢蒸乾。不快閃不行了。

昨天的意外事故看起來沒有多嚴重，但我們很快就發現自己低估了車子的受損程度。每次走上坡路的時候，它都有點怪裡怪氣。我們計劃前往的地點是馬力可（Malleco），那裡有一座鐵路橋，智利人說那是南美洲海拔最高的一座橋。但在前往馬力可的山路上，摩托車爬到一半就不肯動了。在路邊等了大半天，我們才等到一個開貨車的好心人把我們載到山頂上去。我們在一個名叫庫利普利（Cullipulli）的小鎮睡了一個晚上，第二天很早就出發。出發時，我們都預感有災難等在前頭。果然，在攀爬當天第一個陡坡的時候，車子就掛了。一輛貨車把我們載到了洛杉海來（Los Angeles），我們把摩托車寄放在當地的消防局。當天晚上，我們住宿在一個智利陸軍中尉的家中；這個陸軍中尉過去曾在阿根廷受到別人的盛情款待，所以很樂意用相同的盛情來款待我們。我們當「摩托車流浪漢」的日子宣布結束，當「無車流浪漢」的日子宣布上場；看來，我們接下來要吃的苦只會更多。

智利的消防義工

在智利，消防員都由義工充任；不過你不用擔心這裡會缺消防員，因爲消防員在智利是個榮譽職務，所以志願當義工的人很是踴躍。你也不要以爲當消防義工只是個閒職，因爲在智利（至少智利南部），鬧火災的頻率高得驚人。我不知道這要歸咎於這裡的房子都是木造的呢，還是要歸咎於這裡的人太貧窮、缺乏教育，又或是兩個原因兼而有之。單單我們借住在消防局那短短三天裡，就碰到兩場大火和一場小火（但我不敢說這是平均值）。

我忘了解釋，我們在中尉家裡住了一晚，就改搬到了消防局這裡來，是因爲被消防局看管人的三位女兒吸引了去。智利女孩的特有魅力在她們身上展露無遺。智利的女孩子，不管美或醜，都有一種大方與清新，可以在瞬間把人征服。啊，我離題了……她們給我們安排了一個房間，我們又睡得形同死人，所以沒聽到消防警鈴聲。我們一覺睡到第二天的中午過後，起床以後才得知，當天早上發生過火災。我們和消防局內的義工約定，下次出動，務必知會我們。我們又找到一輛貨車，答應兩天後順道載我們去聖地牙哥，條件是我們得幫忙搬車上載運的家具。

我和阿爾貝托很受歡迎，消防義工和三位小姐都喜歡找我們聊天，所以我們在洛杉海來的時間在感覺上過得飛快。洛杉海來留給我的最深印象，還是它的火災。留在洛杉海來的最後一天，我們參加了一場餞行酒宴，正準備就寢之際，我們苦候的警鈴聲大作，消防義工們都醒了，阿爾貝托從床上跳起。沒兩下子功夫，我們在消防車上就好了位。消防車箭也似的開出了消防局，它長長的警笛聲很是嚇人，不過，附近的居民誰也沒有被嚇到，因爲大家都太習慣了。

水柱從不同的方向射向以木頭和磚瓦搭蓋而成的房子。消防人員雖然賣力，然而從木頭上竄起的辛辣濃煙沒有退讓的態勢。消防員用盡各種辦法想遏阻火勢蔓延向四鄰。在屋子唯一未被火焰波及之處，傳來了貓咪的叫聲；它被火嚇壞了，不敢往外跑。阿爾貝托一瞄，把整個情勢盤算了一遍，就風也似地衝入火場，跳過了二十公分高的火焰，進到屋內，把那頭生命受到威脅的貓咪搶救了出來。在接受源源而來的讚美時，阿爾貝托從他那頂借來的消防盔下流露出愉快的眼神。

不過，離開洛杉海來的時刻終究還是來到了。小切和大切⑰（阿爾貝托和我）與朋友們一一莊重握過手以後，便爬上貨車，陪在拉波特拉撒的屍骸旁邊，朝聖地牙哥絕塵而去。

貨車在星期天早上到達聖地牙哥。我請司機把車直接開往奧斯汀車房；有人幫我們寫了一封介紹信給這車房的老板。不過令我們失望的是，車房今天沒有開門。但我們最後還是找到了車房的看管人，把摩托車託給了他保管。接下來，我們就得用額上的汗水，來支付這趟順風車的旅費了。

我們的苦力工作可分爲三階段。第一階段最有趣，那就是趁我們送家具過去的屋主還沒出現之前，以破記錄的速度，每人吃掉他果園裡兩公斤的葡萄。第二階段是主人出現以後的苦幹實幹。在第三階段，阿爾貝托發現貨車司機的搭檔是個自以爲很行的人，於是心生一計，假裝要跟他比賽，看誰搬家具搬得比較快。他果然中計，結果，他一個人搬了比阿爾貝托和我加起來還要多的家具。

我們想方設法找到了此間的阿根廷領事，他鐵青著臉（誰在星期天被人搔擾了都難免會有這種臉色）把我們帶到他的辦公地點，讓我們借住在露台。他以國民義務爲題，好好兒訓了我們一頓，不過，訓完話以後，他卻慷慨解囊，要贈予我們兩百披索。我們把姿態擺得很高，沒要他的錢。如果他是在三個月以後給我們這筆錢的話，我們的反應肯定會截然不同。眞是悔不當初啊！

聖地牙哥有點像科多巴，但這裡的生活步伐比科多巴快，交通也比科多巴繁忙，這裡的建築、街道、天氣、居民都讓我們聯想起我們自己那座城市。我們沒機會深入了解聖地牙哥，因爲我們在這裡的停留時間沒幾天，而且又有不少緊急的事情要處理。

我們向秘魯的領事館申請簽證，但對方表示，除非有智利領事的同意函，否則不會發給我們簽證。我們去找智利領事商量，哪知他不肯，原因是他擔心我們的摩托車到不了秘魯，屆時又要給大使館帶來麻煩（他還不曉得我們的摩托車已經報銷了呢）；不過他最後推不過我們的苦苦哀求，還是寫了同意函。我們得到了秘魯簽證，費用是四百智利披索——這是我們全部財產的大部分。

在我們逗留聖地牙哥期間，科多巴的蘇古亞水球隊正好也在此比賽。隊中好幾個球員都是我們的朋友，於是我們便在一次比賽之後走訪他們。他們不免又請我們大吃大喝了一頓。第二天，我和阿爾貝托到位於聖地牙哥中央部位的小山聖露西亞遊覽，安安靜靜拍了一些俯覽這個城市的照片。無巧不成書，蘇古亞水球隊也在比賽主辦單位派出的幾位美女導遊下，來此一遊。我們那幾位可憐的朋友瞧見我們，滿臉不知所措的表情，因爲他們實在不知道是該向幾位「智利上流社會的淑女」介紹我們這兩個衣衫襤褸的流浪漢好呢，還是裝作不認識我們好。他們最後還是給我們做了介紹，不過實在很小心拿捏，而我們也做出非常和善的樣子，彷彿與他們是兩個世界的人。

跟拉波特拉撒說再見的日子終於到了。在阿爾貝托象徵性地對拉波特拉撒流過兩行眼淚、揮過手後，我們便坐上一輛貨車，朝法耳巴拉索而去。公路沿著一座宏偉的高山向前伸展，沿途的所見，要算是純天然的景觀（完全未受文化污染的景觀）以外，我所見過的最美景觀了。

拉吉奧坎達的微笑

我們進入了新階段的冒險。在過去，我們的奇特衣著和機車的聲響可以引來注意和同情，我們仍算得上是道路上的紳士，屬於「流浪貴族」，而我們的頭銜也可以用來唬唬人。但現在沒這種戲可唱了。如今，我們只是兩個背著背包、灰頭土臉的徒步旅人。

貨車把我們在法耳巴拉索放了下來，我們就拖著背包往街道走去。路上行人，有些饒有興趣地看著我們，有些則對我們視若無睹。遠處的港口，船隻在陽光下發亮；黑色的海水發出誘人的聲響，它灰色的氣味充滿了我們的鼻腔。我們身懷著麵包（這些麵包的價錢眞貴，但比起此後所去到的地方來說，還算是便宜的了），慢慢往山坡下走去。阿爾貝托一臉疲態，而我呢，雖然盡量不把疲倦表現在臉上，但其實不比他好多少。

在一個貨車停車場那裡，我們用從聖地牙哥一路行來的艱苦情狀打動了管理員，他同意給我們借睡在一輛貨車上。貨車上有臭蟲，但既然有車篷可以擋風遮陽，也沒什麼好抱怨的了。我們本打定主意大睡一場，不料臨時又起了變化：停車場隔壁一家邋遢小餐館裡的一個食客（他是個阿根廷人），聽說有我們這兩號人物，想找我們聚聚。在智利，聚聚就代表有吃有喝，而無論是我還是阿爾貝托都不會傻到拒絕從天而降的嗎哪。我們這位老鄉是一個深受智利好客精神薰陶的人，自己也喝得醉醺醺的。我上次吃魚不知是多久前的事了，酒是那麼可口，主人又是那麼殷勤……總之，我們吃喝得很盡興，而我們老鄉還請我們第二天到他家去作客。

拉吉奧坎達（La Gioconda）小館開門開得很早，我們邊喝馬黛茶邊跟餐館老板大談我們沿途的遭遇，他聽得趣味盎然。聊完，我和阿爾貝托就開始探索這個城市了。法耳巴拉索的風光如畫，它依山面海，俯視著一個海港；奇特的浪形鐵皮建築沿著山坡而立，以盤旋蜿蜒的繩梯相連接，與五顏六色的房子跟海水呆滯的藍色形成鮮明對比。我們像在耐心進行解剖，對每一道骯髒的梯道和每一個黑暗的角落展開刺探，與一群群的乞丐談話。我們探入這城市的深處，直趨它的幽暗地帶，順著一股瘴氣般的氣氛而去，讓這城市的貧窮氣息刺激著我們的鼻孔。

我們沿著一艘艘靠泊在碼頭邊的船隻打聽，有沒有哪一艘是準備開往復活節島去的；不過得來的不是什麼好消息：未來六個月內不會有船開往復活節島。不過據說一個月會有一班開往那裡的飛機。

聽到我們問及復活節島，人們紛紛說起一些引人遐思的事情。「對那裡的女人來說，有一個白人『男友』可是件很有面子的事情。」「你完全不需要工作，那裡的女人自會供養你；你只管吃喝拉睡和讓她們爽。」照他們的說法，復活節島有最理想的氣候、最理想的女人、最理想的食物、最理想的工作（因爲根本不用工作）。到得了復活節島的話，誰會在意一年內無法離開？誰還會把研究、工作、家人這些事情放在心上？有一間餐廳的櫥窗內擺設著一隻蟄在萵苣上的龍蝦，我覺得牠好像在用整個身體對我和阿爾貝托說話：「我來自復活節島，那裡有最理想的氣候、最理想的女人……」

我們耐著性子在大太陽底下守在拉吉奧坎達小館門外，靜待我們的阿根廷老鄉現身，他卻遲遲不露面。最後，邀我們進去的是餐館的老闆本人，他免費招待我們吃了一頓炸魚加稀湯的午餐。我們的阿根廷老鄉從此沒有再出現過，我們倒是跟餐館老闆成爲了要好的朋友。他是個怪人，爲人懶散，對各色阮囊羞澀的閒雜人等極爲慷慨，但對前來光顧他那些垃圾食物的一般客人卻索取高價。在他的餐館裡，我們從未付過分文，但他對我們極盡款待之能事。他最愛說的話就是：「今天請客的人是我，誰知道明天被請的人不是我。」不是什麼有創意的話，但非常感人。

我們試著聯絡那些在前來智利的船上認識的醫生，但他們都忙，沒答應跟我們見面。不過，我們多多少少知道了他們的地址。

下午，我和阿爾貝托兵分二路：他去找那些醫生，我去看一個患有氣喘病的老婦人，她是拉吉奧坎達小館的老顧客。這個可憐老婦的狀況很糟糕：一屋子腐臭的汗味和臭腳味，灰塵從幾張安樂椅上（她家中僅有的奢侈品）揚起。除了氣喘以外，她的心臟也不好。正是在碰到這一類事情的時候，特別容易讓一個醫生知道自己的無能，從而萌生念頭想要改造這個不公義的社會。一個月前，這位老婦人爲幫補家計，還不得不出外幫傭；她雖然辛苦，但最少還是個有尊嚴的人，而在生病以後，她卻是連起碼的尊嚴都沒有了。

很多家境貧困而又無法工作的人，都像這個老婦人一樣，生活在充滿敵意的空氣中；他們不再被當成是父親、母親、兄弟或姊妹，而被當成是家庭的負累。他們變成了家人厭惡的對象，對於供養他們的健康家人來說，他們成爲了恥辱。在這些沒有明天的人身上，我們窺見了全世界無產者所經受的深重苦難；在這些垂死者的眼中，我們看到了希冀家人原諒的卑微願望和希冀家人慰藉的絕望哀求。不過，他們的希冀注定是要落空的，正如他們的軀體很快就會被廣大而冷漠的黃土掩埋。我不知道這種情形會持續到什麼時候，我只知道，我們現在以階級爲基礎的社會秩序一日不改變，這種不義就會持續下去。政府應該少宣傳自己的豐功偉績，多花一些錢——很多很多的錢——在社會福利事業上。

面對眼前這位老婦人，我能做的很少；我只能建議她吃好一點，並開一份包括利尿劑和氣喘病藥丸在內的處方給她。我身上還有一些都拉麻明藥片，便給了她。我離開時，老婦人說出感激的言詞，但她家人的眼神漠不關心。

阿爾貝托找到那些醫生，跟他們敲定了明天九點在一家大飯店會面。與此同時，一群閒雜人等正聚在貓尿狗尿充斥的拉吉奧坎達小館內高談闊論。談話的靈魂人物是羅絲塔女士，其餘的人包括店主人、卡洛琳女士（一位可親的聾婦，不斷給我們的馬黛茶加水）、一個喝醉了的馬普切（Mapuche）印第安人和其他兩個正常一點的顧客。話題環繞著羅絲塔女士親眼目睹的一件恐怖事件：她曾看到一個男子拿著一把很大的刀活剝她鄰居的皮。

「妳的鄰居當時喊叫了嗎，羅絲塔女士？」

「怎麼會不叫，她被剝皮的時候可是活生生的人啊！不只那樣，他後來還把她拖到海邊，丟到水裡，想讓海水把她帶走。那女人的尖叫聲讓人膽子都破了，你眞應該聽聽，先生。」

「妳爲什麼不報警呢，羅絲塔？」

「報警有什麼用？你忘了你姪子挨打那件事啦？我跑去報警，結果警察說我神經病，還說假如我再瞎掰，就要把我關起來。我不會再跟警察報告任何事情了。」

接下來，他們把話題轉到一個自稱「神的使者」的人身上，這個人宣稱他有神所賦與的力量，可以治好聾、啞和小兒痲痺。每次表演完這樣的治療以後，他都會向圍觀的人群收錢。這樣生意不見得比別的生意來得沒道德；有些人說得天花亂墜，但人就是那麼好騙。世界就是這樣。他們又回頭取笑羅絲塔女士的故事。

幾位醫生跟我和阿爾貝托碰了面，不是多麼熱絡，不過還是答應爲我們向市長引見。我們帶著他們所寫的介紹信前往市政廳。市政廳的守門人對我們那身襤褸的衣衫皺了眉頭，不過因爲上級交代了，所以他還是把我們放了進去。

市長的秘書告訴我們，前往復活節島的唯一一艘船已經開航，一年內不會再有第二艘，所以對我們前往復活節島的計劃愛莫能助。

我們被帶到市長的華麗辦公室。路科市長以熱誠的態度接見了我們，然而他措辭十分慎重，給人一種在演舞台劇的感覺。只有在談到復活節島的時候，他才手舞足蹈起來；原來，全憑他找出了復活節島原屬於智利的證據，智利才得以把它從英國人的手上奪回。他向我們保證，明年一定會想辦法把我們弄到復活節島上去。

「也許我到時已不在這個位子上，但我仍然會是復活節島之友會的會長。」他這樣說，等於是默認了魏地拉（Gonzalez Videla）在即將舉行的選舉將會失利。

走出市政廳的時候，守門人叫我們把狗一道帶走。哪來的狗？他向我們指了指大堂裡的一頭狗：牠不但在大堂的地毯上撒尿，還嚙咬一張椅子的凳腳。我們猜想，這狗大概是被我們無業游民似的裝束吸引，所以一直跟在我們後面，而市政廳的守門人誤以爲牠跟我們是一夥的。被拆穿了身分之後，那隻可憐的小動物屁股馬上挨了一腳，在哀號聲中被扔出了大門外。

爲了繞過智利北部的沙漠地帶，我們決定走海路。我們到各家船公司碰運氣，看能不能有免費船可搭。一個船長表示，如果海事當局同意，可以讓我們在船上幫些忙，充當船資。遺憾的是，海事當局並沒有同意，於是事情又回到了原點。

阿爾貝托想出了一個主意：偷偷上船，躲在貨艙裡。這種事最好晚上幹，想辦法說服執勤的船員讓我們溜上船。我們把行李收拾好——對於偷偷上船這種行動來說，我們的行李顯然是太多了。跟那些依依不捨的朋友們道過再見後，我們就攀越一道道的碼頭閘欄，破釜沈舟，踏上海上的冒險之旅。

偷渡客

我們沒碰上什麼難題就通過了海關，於是大膽往前進。我們相中的那艘「聖安東尼號」泊在全港口熙來攘往的中心點，不過由於這艘船很小，不必貼靠到碼頭上以吊車固定住，因此，船身和碼頭之間就留了幾公尺的空隙。我們別無選擇，只能等船靠近些才上船，於是就安之若素坐在行李上。

到了午夜換班後，船才靠過來。一名長相兇惡的港務監督大剌剌站在跳板上，一一核對換班的工人。我們和一位吊車駕駛交上了朋友，他建議我們再看看苗頭，說那個港務監督不好惹。於是我們徹夜守候，窩在那個靠蒸氣啓動的老古董吊車裡取暖。

太陽昇起的時候，我們仍然跟行李一起留在碼頭上。眼看上船的指望就要泡湯了，船長卻端了個剛才一直在修理的斜板出現，「聖安東尼號」牢牢接上了陸地。看到吊車司機用大拇指做了手勢後，我們輕鬆溜上了船，帶著行李躲進主管區的廁所裡，把門鎖上。後來有六七次有人想來用廁所，我們都用濃濃的鼻音回一聲「別進來」或「有人」。

日正當中，船啓程了。我們高興不了太久，因爲廁所裡的馬桶顯然堵塞了一陣子，臭氣薰天，何況又酷熱難當。一點鐘，阿爾貝托把胃裡所有的東西都吐光了；下午五點鐘，我們餓得要死，看看已經望不到陸地，就到船長那兒自首了。再度相逢，他甚爲驚訝。不過他不想在其他主管面前露出他認識我們的樣子，便眨眨眼，再大發雷霆：「你們以爲旅行就是碰上哪艘船就跳上哪艘船嗎？你們有沒有想過後果？」我們確實沒想過什麼後果。

他叫了服務員來，吩咐他給我們一些工作，給一點吃的。我們歡天喜地吞下分配的食物，可是等我知道我得去清理那間臭名遠播的廁所時，東西就卡在喉嚨裡了。我走下船艙，咬牙切齒地抗議，阿爾貝托則嘻皮笑臉跟在身後，因爲他的任務是去削馬鈴薯皮。我得招認：我忍不住要忘了一切關於友情的道理，只想請求更換工作。太沒有天理了。他也要在那堆糞上共襄盛舉，而清理的人竟然是我！

等我們盡心盡意完成職責之後，船長又傳喚了。這次他建議我們以後不要再提上次會面的事，而他也保證，到了此行目的地安多法加斯大（Antofagasta）之後，一定沒我們的事。他給了我們一名休假主管的船艙，然後邀我們一起玩卡那斯塔牌戲，喝一兩杯。在黑甜夢鄉睡了一覺之後，我們打算徹底力行「新官上任三把火」這個說法。

於是我們精神抖擻開始工作，一心一意要把這趟船費連本帶利付乾淨。然而，中午時分，我們發現似乎做太多了，到了傍晚，我們則徹底相信自己其實是一對毫無救藥的懶惰蟲。我們很想舒舒服服睡一覺，再爲隔天的工作準備，況且還得洗自己的骯髒衣服。可是船長再度邀我們玩牌，於是，所有奮發向上的主意都打消了。

第二天，那個不怎麼客氣的服務員花了一個小時左右才把我們叫醒去工作。我的任務是用煤油清理甲板，結果淸了一整天還沒結束。阿爾貝托這混帳還呆在廚房裡，拚命吃，根本不講究自己到底塞了些什麼東西到肚子裡。

夜裡，在筋疲力盡的牌局之後，我們並肩倚在船欄杆上，眺望廣闊大海上的白色浪花和翠綠光芒，我們迷失在各自的思緒裡，做著自己的夢。也就在這時，我們發現我們的使命，我們眞正的使命，其實就是永無止境地走在世上的道路或海洋上。我們永遠是好奇的，永遠看著自己看到的事物，角角落落裡嗅個不停，但，我們不會在任何地方紮下根來，不會讓自己逗留的時間長得足以發現事物的底層：看到了事物的限制就夠了。海洋所啓發的感性囈語在我們的對話中飄來逸去，而在東北的方向，安多法加斯大的燈火已經在閃動了。我們當偷渡客的冒險，或者說，起碼這一趟的冒險，就到此結束了。因爲我們的船要返回法耳巴拉索了。

這一次，失敗

我現在可以淸楚看他了，這位喝醉的船長就和他所有的主管，以及旁邊那艘船上留著鬍子的船老闆一樣，他們粗魯的神態是劣酒的產物。他們傳述我們的歷險的時候，爆出了粗啞的笑聲。

「他們是老虎，你知道，我敢說，他們現在就在你船上，一出海你就知道了。」船長一定在他朋友面前溜了口風。當時我們可不知道這些。在起航之前的一個小時，我們就舒舒服服窩在成噸的甜香瓜堆裡，大吃特吃。我們讚美著那些水手眞好，某某人幫我們偷渡上船，又把我們藏到這麼好的地方。

這時忽然聽到一聲怒吼，然後冒出一把奇大無比的鬍子，把我們嚇得不知如何是好。平靜的海面上，有一長排削得很整齊的瓜皮隨波而流。接下來的場面則讓人無地自容。後來，幫我們上船的那名水手說：「孩子，我本來把他瞞過去了，可是他看到了那些瓜，就進入了『釘起艙門，一個都別跑』的循環。你們啊（水手頗有尷尬），眞不該吃那麼多瓜的，孩子。」

在「聖安東尼號」上的一位朋友，以他優美的文字總結了他卓越的生命哲學：「因爲你是這樣的屎爛貨，所以你就有這樣的屎爛處境。你怎麼不乾脆滾回你自己的拉屎國家去？」我們大致就是這樣做的，捲起了鋪蓋，朝那個有名的銅礦，丘吉卡瑪塔（Chuquicamata）出發。

但還無法直接去那個礦，還得等候一天的時間來獲得礦場當局的許可，所以，我們就順理成章接受了正欲狂歡作樂的水手們的歡送。

通往那座銅礦的路途崎嶇不平。路上有兩根燈柱。我們各自躺在一根燈柱的破落陰影下，不時遙相呼喝一陣。大半天過去，發現了一輛小貨車顛簸而來的身影，我們要它載一程，於是來到巴圭達諾（Baquendano）小鎮。

在鎮上，我們認識了一對夫妻，他們是智利工人，自稱是共產黨人⑱。映著燭光，喝著馬黛茶，配麵包和乳酪，男人皺縮成一團的五官散發出神祕而悲愴的氣息。他概述了自己如何在獄中渡過三個月，他飢餓的妻子如何以堪爲表率的忠誠跟隨著他，他如何把孩子留給一家好心的鄰居照顧，又如何尋覓工作而毫無著落，以及他的同志如何無緣無故失蹤，據說葬身在海底某個角落。

快要凍僵的這對夫妻，在這個沙漠的夜裡蜷縮成一團，可以看作是這世界上無產階級的最佳代表。他們連一條最起碼可以披蓋的爛毛毯也沒有，所以我們就分了一條給他們。阿爾貝托和我就盡可能擠在一條毯子裡。

那一晚的寒冷，是我記憶中所僅見的，但那一晚也讓我覺得，我和他們這個陌生的族類（起碼對我而言如此）接近了一點。

第二天早上八點，我們找了輛貨車把我們載到丘吉卡瑪塔鎮上。這對夫妻要去山裡的硫磺礦，那兒的天候惡劣異常，生存條件艱苦無比，所以根本不需要什麼工作證，也沒有人會打聽你的政治傾向。唯一關鍵的是工人們有沒有爲了幾片乾麵包屑而糟蹋自己健康的熱情。

雖然那對夫妻的側影已經模糊不清了，但是那個男人異常堅定的臉龐還在我們心中縈繞不去。我們沒法忘記他那簡短的邀請：「來吧，同志，來和我們一起吃吧。我也是一個流浪漢啊。」這話裡透露出他的不屑：基本上，他把我們漫無目標的旅行看成是寄生蟲的行爲。

想到有人會採用高壓的手段來對付像他們這種人，我心裡極不好受。不管所謂「共產黨病毒」是否當眞有害於一個社會，在這個人心裡所蘊釀的不過是想要過點好日子的原始慾望，不過是爲了對抗持續的飢餓，這些心情轉化爲對共產主義這種奇特教條的熱愛，而他即使永遠無從掌握這種主義的精髓，卻可以理解什麼叫做「給窮人的麵包」，這便爲他帶來了希望。

到了鎮上，那些老闆和那些金髮碧眼、講究效率而傲慢的經理人員，用粗淺的西班牙文告訴我們：「這可不是個觀光小鎮。我會派導遊帶你們在礦區逛半個小時，然後就請你們好心一點，趕快閃人，我們還有一大堆事情要做。」

聽說有一場罷工一觸即發。而那個導遊是美國老闆的忠實看門狗，對我們說：

「這些美國佬眞是蠢蛋，罷工一場每天要損失幾千披索，可他們就是不肯多給那些窮工人多幾文錢。等我們伊把奈（Ibanez）將軍⑲掌權，他們就完了。」

另外一名詩人工頭則這麼說：「這兒有名的高地，可以把所有的銅渣都藏到礦裡，像你們這種人總是問我技術問題，卻不問這到底要花多少條人命。兩位醫生，我眞不知道答案，不過謝謝你們的詢問。」

在這個大礦坑裡，冰冷的效率與無力的憎恨並存；但是爲了求生存的一方恨惡著那一心追求財富的另一方。會不會有一天，有些礦工會歡天喜地拾起鋤頭，帶著微笑去毒害自己的肺部——他們說：在那個使世界暈眩的紅色風暴那裡，事情是這樣的。他們是這樣說的。我不知道。

丘吉卡瑪塔礦場

丘吉卡瑪塔像是現代劇裡的一個場景。你不能說它沒有美感，但那是一種不優雅、沒有親和力又冷冰冰的美感。隨著你接近礦區，整個景觀創造了一整片窒息的感覺。一片單調的灰色綿延了兩百公里之後，總算在卡拉瑪鎮（Calama）的淺淺綠意中打住。由於是沙漠中的綠洲，這點綠意就洋溢著一片喜氣。而這到底是個什麼樣的沙漠啊！丘吉（Chuqui）附近的莫特祖瑪（Moctezuma）氣象台稱它為全世界最乾燥的沙漠。這片山脈因其硝酸鉀土壤而寸草不生，整片山迎著風雨的侵犯，毫無防衛之力，因而在與大自然的搏鬥中提前老化，露出了灰蒼蒼的脊骨，蒼老的皺紋虛報了地質年齡。而環繞著這座山的多少座山裡，深藏著同樣豐富的資源，也同樣等候著無靈魂的機械鏟臂來大啖它們的五臟六腑，並不可避免的以人命做爲加料。這些生命，是這場戰鬥中不爲人知的可憐英雄，不過是爲了賺取每天的一點麵包，卻慘死於大自然爲了悍衛自身寶藏而設下的萬千陷阱。

丘吉卡瑪塔確實是座不得了的銅山，四面廣闊的山腰上切出了一道道二十公尺高的台地，由這裡把開採出來的礦物輕鬆地用軌車運送出去。這兒的礦脈特性很獨特，所有的開採都是露天進行，所以能大規模開採每噸可提煉出百分之一的原礦。每天早上，這座礦山都要用炸藥開礦，然後巨大的機械鏟就把原料鏟到軌車上，送去搗碎機碾碎。經過三個階段把原礦轉化爲中等大小的碎石之後，這些碎石就放進硫磺酸溶液中，以硫酸鹽的形式把銅提煉出來，同時形成一層銅氯化物。這些銅氯化物一旦和舊鐵接觸了，就再轉化爲亞鐵氯化物。

到這個時候，銅硫酸液就送到所謂的「綠房子」去，灌進一個大池子裡，通上三十伏特的電流，七天之後就能製造出鹽的電解質：銅的成份黏附在池子裡的薄銅片上。（這些銅片是先前在其他的池子裡用更強的溶解液形成的。）如此經過五六天，這些銅片就可以進精煉廠了。每一公升的溶液會損失八到十公克的硫磺，但會加入一些硫磺。接著把這些銅片送入熔礦爐，以攝氏兩千度的高溫精煉十二個小時之後，就製造出三百五十磅，即約一百五十公斤的銅鑄塊。每天夜裡，則有四十五輛貨車會在護衛之下，每車載送二十噸的銅到安多法加斯大。這就是一天工作的成果了。

以上是製銅過程的概述。這個過程，在丘吉卡瑪塔要僱用三千名流動人口，不過提煉的只是氧化礦。目前，智利開採公司正在興建另一個提煉硫化礦的廠房，它將會是全世界最大的硫化礦提煉廠，有兩座九十六公尺高的煙囪。這座新廠幾乎可以取代未來所有的作業，而舊廠則將慢慢淘汰，反正氧化礦也快要開採殆盡。現在已經有大量的原料等著一九五四年這座新廠啓用之後就要動工處理。

全世界的銅，有百分之二十是智利生產的。而在這潛伏著種種衝突的年代裡，銅因爲是各式各類毀滅性武器不可或缺的元件，所以佔有舉足輕重的地位。也因爲如此，智利正在進行一場政經的鬥爭。民族主義派和左翼團體組成的聯合陣線，大力主張把這些礦區國有化；另外一方則高舉自由經濟的旗幟，主張要著眼於經營良好（即使由外國人經營也可），而不是由國家來管理，但結果導致效率低落。國會中，有人嚴厲指責了目前享有開採特許的一些公司，由此可以看出圍繞著銅礦生產的民族主義氣氛。

不管這場鬥爭的結果如何，大家最好不要忘記礦區墓園帶給我們的教訓。在各種坍方、矽肺和礦區地獄般的環境所吞噬的人命中，這些墓園不過是冰山的一角。

一望無際的荒蕪

水壺不見了。這使得我們更難實踐我們步行橫越沙漠的想法。然而我們決定硬幹，就出發了。丘吉卡瑪塔礦區四周設下的路障，在我們身後逐漸遠去。人煙還沒完全脫離視線的時候，我們的步伐還頗起勁，可是接下來眼前荒蕪而孤寂的安地斯高原和火辣辣曬在頭上的太陽，以及重量分配極不平均的背包，把我們帶回了現實。我們並不明白自己的行動有多「英雄」(套用一位警察的說法)，可是我們開始懷疑：眞正適用的形容詞是不是和「愚蠢」有關。我這種懷疑是很有道理的。

走了兩個小時，頂多十公里，我們就停在一個不知道在說什麼的招牌之下，偷一點蔭涼。這張招牌是唯一可以幫我們擋一點太陽光的東西。我們就在那兒待了一整天，跟著太陽的移動在招牌底下轉，以便享受點好處。

我們帶的一升水很快就喝光了。傍晚，喉嚨渴死了，我們就又回頭朝礦區的崗哨撤退。這可算是落荒而逃了。

我們就在那兒過夜，在崗哨小小的房間裡避難。外面寒冷，屋裡生著明火，室溫十分怡人。守夜的人一派智利人名聞遐邇的好客作風，與我們分享了他的食物。肚子空了一整天下來，這雖然是貧乏的一餐，不過總比什麼都沒有吃好多了。

第二天天亮的時候，一家香菸公司的貨車經過，搭載了我們，不過因爲這貨車要去托可匹拉（Tocopilla）港，而我們想往北去伊拉夫（Ilave），所以在一個交叉路口就把我們放下來了。聽說再走八公里就會有一戶人家，於是我們就開步走。不過走了一半就累了，決定小睡片刻。我們把毛毯掛在一根電線桿和一個里程標之間，然後躺在底下。於是，我們的身體在享受土耳其浴，而我們的雙腳則是太陽浴。

兩三個小時後，等我們各自消耗了大約三公升的水，有一輛小福特經過。車上有三位高貴的公民，醉醺醺地大唱著智利民謠，嗓門放到了最大。他們是來自馬格達雷納（Magdalena）礦區的罷工工人，現在就慶祝人民的勝利未免太早。這幾位醉仙把我們在一個火車站放了下來。在那兒，有一群鐵路工人和對手隊在練習橄欖球。阿爾貝托從背包裡拿出一雙跑鞋，開始行動。結果很輝煌。我們被預約了要參加接下來星期天的比賽，代價是住宿和食物，並且把我們送到伊基圭（Iquique）。

兩天後是星期天，兩件事可以大書特書：我隊贏了很漂亮的一仗，以及阿爾貝托親自下廚，以他的阿根廷烹飪手藝做了一頓烤羊，舉座為之驚嘆。這兩天裡，我們也造訪了許多硝酸鹽的精煉廠。

礦業公司想把地球這個角落的豐富礦產提煉出來，還眞不是什麼難事。他們只要把最上面的一層土刮下來，這層土本身就有大量的礦物，然後運送到一些大槽裡，透過一些並不複雜的提煉程序，就可以把硝酸鹽、硝石和泥巴分解出來。顯然德國人是最早獲得開採特許的，但他們的廠後來都被徵收，現在都歸英國人所有了。以產量和人力規模而言最大的兩家廠，目前正在罷工，而地點就在我們要去的地方的南邊，所以我們就決定不去看了。我們轉到另一家相當大的勝利廠（La Victoria），此廠的門口立著一個牌子，紀念賽迪斯（Hector Supicci Sedes）死亡的地點。賽迪斯是一名不得了的烏拉圭長途貨運司機，有次從修車廠裡加滿油出來的時候，被另一名司機給撞死了。

換搭了好幾輛貨車之後，把我們載出了這個地區，最後等我們抵達伊基圭時，身上暖暖地裹著厚厚紫花苜蓿，那是貨車上載的貨物。到伊基圭的時候，太陽在我們身後昇起，把我們的身影照在清早的澄藍海水裡，好像一千零一夜中的場面。貨車開在港口上方的峭壁上，好像一張魔毯。我們一路帶著轟隆聲響蜿蜒而下，變速器放在一檔來減緩俯衝速度時，從居高臨下的視角來看，彷彿整座城市都在趕上來迎接我們。

伊基圭見不到一艘船，不管是阿根廷的或哪一國的都沒有，所以留在這個港口就沒有意義了。於是我們決定，看到第一輛去阿里卡（Arica）的貨車，就求他們載我們一程。

智利的尾聲

從伊基圭到阿里卡的這段長路，高高低低起伏。我們沿途看到荒蕪的高原，也看到谷地裡有些細細的水流，勉強養活邊緣幾株遭到壓抑的小樹。白日，這片「彭巴草原」熱得令人窒息，到夜裡則涼意深重，一如所有的沙漠氣候。

想當年瓦爾迪維亞帶著小群人馬在白天最酷熱的時刻找不到一滴水，也找不到任何可以蔽蔭的林木，卻可以行進五、六十公里的路，實在令人目瞪口呆。當你親眼見到了征服者曾經橫越的土地，很自然就會把瓦爾迪維亞和他手下的成就列爲西班亞殖民史上的最輝煌功業之一，遠比美洲歷史裡享有盛名的那些人偉大太多，因為那些人都十分幸運，在征戰之後把歷險轉化為黃金。

人類想要尋找一個地方來讓自己施展徹底的控制，這種渴望永無饜足之日，瓦爾迪維亞的成就便是其一。凱撒說過：寧可在阿爾卑斯山下一個小村落裡當老大，也不要在羅馬當老二。凱撒的話非常適合用來比喻瓦爾迪維亞征服智利的經過，毫不誇大，也絕不勉強。瓦爾迪維亞後來死在不屈不撓的阿勞坎印第安人手裡，要不是這位大征服者在面對死神的最後關頭流露出動物落入陷阱的憤怒，回顧他的一生，眞可以說他會認爲自己死得其所。他屬於一種各個民族不時會製造出來的特殊人物，爲了追求無限的權力而願意接受無邊的痛苦。他是戰鬥國度裡永遠的領袖。

阿里卡是個怡人的小港，四處仍然留有前任擁有者秘魯人的痕跡。秘魯和智利雖然地緣關係密切，又有共同的溯源，但兩者截然不同，而阿里卡港似乎是這兩個國家的折衷產物。這裡的名勝，是一段突出於海上的岬地；岬地是純岩石的，聳立在一百公尺高處。椰子樹、太陽的熱度，以及市場上的亞熱帶水果，讓人感覺到彷彿加勒比海城鎮的特殊風味，完全不同於南邊的城鎮。

一名以不屑神情應付我們的醫生，用他有錢中產階級的姿態把我們當無業遊民看待（一對有學位的無業遊民），安排我們睡在鎮上的醫院裡。這家醫院無啥待客之道，於是我們早早逃出，直奔智利與秘魯的邊界。不過我們要先和太平洋道再會，所以就洗了在智利最後的一次澡（肥皂等一應俱全）。這下子，蜷伏在阿爾貝托心底的一個慾望卻被喚醒。他想吃海鮮。所以，我們就在懸崖之下的幾段海灘耐心尋找貝類和其他海產。吞下了一些又黏又鹹的東西之後，飢火沒有消除，阿爾貝托的慾求也沒有得到紓解。這些東西就算是給囚犯吃，他們也不會開心，因爲這些黏巴巴的東西眞噁心，再說什麼醬料都沒得加，就更糟糕了。

在警察局吃了一頓之後，我們按照自己正常的出發時間，沿著海岸朝邊界走。不過，途中一輛小貨車把我們撿上車，所以我們抵達邊界的時候還不算太狼狽。我們遇到一名海關官員，他曾經在阿根廷邊界工作過，所以他看得出來、也能了解我們對馬黛茶的渴望，於是就給了我們熱水和餅乾，更棒的是他找了人載我們一程去塔克納（Tacna）。等我們遇到秘魯邊界上的警察主管，向我們握手，隨口誇讚了秘魯境內的阿根廷人一番之後，我們就向智利這個好客之地道別了。

智利的前景

我寫這本札記的時候，是憑藉著早先的熱情以及第一印象。筆記裡或許有不夠準確的地方，整體來說也不太符合科學探究的精神。然而，在一年過後，我想我不應該再表露我對目前智利的看法，所以我就把當時筆記做一點整理就好。

先從我們專精的醫療來說。智利的醫療制度有太多需要改善的地方。(後來我才知道，智利還比我們去過的其他地方好得多。) 幾乎沒有免費的公立醫院。你到處可以看見這樣的標語：「如果你對這所醫院的維持沒有出過力，又怎麼能抱怨你受到的待遇不好？」然而，大體上，在北方，醫藥費用是免費的，只是住院的話就一定要付費，付費的標準則從小小的數目，到相當一筆花費，到合法的搶劫，不一而足。

在丘吉卡瑪塔，受傷或是生病的工人，一天只要五元智利幣「艾斯庫多」（escudos），就可以獲得醫療及住院的待遇；但是不在礦區工作的病人，一天則要付三百到五百元。一般說來，醫院都很破舊，缺乏藥品和適當的醫療器材。不只在小鎮，就算在堂堂的法耳巴拉索，我們也看到很多手術房的照明不夠，甚至相當骯髒。儀器也不夠。洗手間都很髒。智利的衛生觀念很差。他們有個習慣：衛生紙不丟到馬桶裡，卻丟到地上，或是另外準備的桶子裡。（這個習慣，後來我發現在全南美皆然。）

智利的生活水準比阿根廷低。在南方，薪資很低，失業率很高，工人從政府當局根本得不到什麼保障。（不過還是比南美大陸的北方多一點。）這一切，造成了智利人遷往阿根廷的移民潮。阿根廷向安地斯山脈以西的居民做了些很聰明的政治宣傳，宣揚阿根廷金錢淹腳目，因而人人嚮往。在北方，銅礦、硝石礦、硫礦的工人待遇比較好，但是生活花費也高得多。但是山區缺乏民生物資，氣候又惡劣。有一次，我問丘吉卡瑪塔礦區一位經理人員，他們如何補償埋在當地墓園裡一萬多名工人的家族，那位經理聳一聳肩——那表情，我永難忘懷。

政治局面也混沌不清。（寫這段文字的時候，伊把奈還沒贏得大選。）四名總統候選人之中，伊把奈看來最有機會出線。他是個退休的軍人，有獨裁傾向，政治企圖類似阿根廷的裴隆，人民則把他視爲「救星」。他的權力來自於「民眾社會主義黨」（Popular Socialist Party），這個黨是由許多小派系所支持的。排第二名的，我想是艾方索（Pedro Enrique Alfonso），也就是代表官方的政府候選人，他的政治傾向很曖昧，看起來和美國人很友善，和所有其他的黨派也都有一腿。右派的旗手是企業鉅子拉雷（Arturo Matte Larrain），他是故總統阿列桑德利（Alessandri）的女婿，智利的所有反動派系都支持他。最後一名是阿言德（Salvadore Allende），是「人民陣線」（Popular Front）的候選人，擁有共產黨的支持，但是可能票數少掉了四萬——有四萬人由於加入了共產黨而被剝奪了投票的權利。

伊把奈很可能會採取大拉美主義（Latinamericanism），以反美爲訴求而獲取民心，然後把銅礦和其他礦區都收歸國有。（美國已經在秘魯投資了那麼大筆資金，準備進行開採，所以我不太相信他的方案可行。起碼就短期而言。）然後，他會繼續把鐵路國有化，並大幅提高智利與阿根廷的貿易。

就智利這個國家而言，任何人只要不是無產階級，也就是說，任何人只要接受過一定的教育和技術知識，而他又想工作，那麼政府就會提供經濟上的支持。他們的土地可以養活足夠的牲畜（尤其是綿羊）來自給自足，也可以生產足夠的穀物。他們擁有各種礦物資源，遂有潛力成爲一個強大的工業國家：鐵、銅、煤、錫、金、銀、錳、硝石。智利的首要之務，是擺脫他們背上煩人的洋基佬朋友，但由於美國的投資十分鉅大，不管他們在何處的利益受到威脅，他們都可以輕易地製造一些經濟壓力，所以，目前這還眞是件艱鉅的任務。

塔拉塔，新世界

我們出了立在村落邊界的民兵站才不過幾公尺，就覺得背上背包重了一百倍。太陽曬得人發痛，而我們，如同往常在身上裹了太多衣服，但到晚上又會冷。路很陡，沒多久我們就經過了剛才從村子裡看到的金字塔。這座金字塔是為了悼念一百年前和智利作戰時犧牲的秘魯人而建⑳。我們認為這是落腳歇息第一站的好地點，於是就拿過路的貨車來試試運氣。

我們要去的方向，除了光禿禿的丘陵之外，幾乎看不到任何草木。靜寂的塔克納，它的泥土路和瓦屋頂從遠看來讓人氣餒。終於看到一輛貨車的時候，我們激動得不能自己；戰戰兢兢伸出大拇指之後，很出乎意外的，司機當眞把車子在我們身邊停下。阿爾貝托負責接洽，滾瓜爛熟說了一遍我們這趟旅行的目的，希望他能載我們一程。司機答應了，要我們爬上車的後面，和一群印第安人擠一起。

我們歡天喜地拿起了行李，正要上車時，司機卻嚷了一聲：「到塔拉塔（Tarata），五塊索勒㉑，OK？」

阿爾貝托光火了，問他爲什麼剛才我們希望他免費他卻不吭聲；他說他不太明白「免費」到底是什麼意思，不過，要到塔拉塔就是要五塊錢的。

「等著看吧，他們都是這樣。」阿爾貝托講了這麼幾句氣話，把怒火發到我頭上來，因爲剛才他說要在鎭上等貨車，我卻建議先上路再攔車。現在的選擇很簡單：回頭，這表示我們認輸；或者，繼續走，不管三七二十一。我們選擇了後者，開始上路。不過，很快我們就知道這不是個明智的選擇：太陽將要下沉，而四野毫無生命的跡象。不過我們還是想像，快到村子的時候一定會有個茅屋或什麼的。在這股幻想的支撐下，我們往下走。

很快，天就漆黑，而我們沒碰上任何人煙。更嚴重的是，我們沒有水可以煮食或是沖泡馬黛茶。寒意加深，沙漠氣候加上高海拔，越發使情況惡化。我們非常疲倦，決定把毛毯鋪在地上，一覺睡到天亮。沒有月亮的夜晚，一片黑暗，我們摸索著打開毛毯，盡可能把自己裹成一團。

五分鐘之後，阿爾貝托說他凍僵了。我說我僵得更厲害。由於這可不是什麼在冰箱裡比誰耐寒的遊戲，所以我們決定面對現實，撿一些樹枝來生火。可想而知，結果是十分悽慘的。我們想辦法在兩個人之間生了一個根本沒有任何暖意的小火。肚子很餓是一回事，寒冷才更要命，冷到我們根本沒法再躺在那裡守著我們微小的餘燼。我們必須收拾行李，再往黑暗前行。

一開始，我們快步走，以求身體暖和起來，但是很快就氣喘吁吁。我可以感覺到外套底下汗如雨下，但是兩隻腳凍得發麻，風颳在臉上像刀割。走了兩個小時，筋疲力盡，而我的手錶才不過十二點三十分。最樂觀的盤算，也要再五個小時才能天亮。

我們又商議了一陣，想再試著在毛毯裡睡睡看。

五分鐘之後，我們又上路了。還是凌晨，遠方出現了汽車的大燈。我們不需高興得太早，因爲可能沒什麼機會搭上便車，不過起碼我們可以看到路了。果然沒錯，貨車打我們身邊開了過去，根本不理會我們歇斯底里的呼叫，而車燈照出了一片沒有任何人跡的荒地，一棵樹或一棟房子都沒有。這之後，一切都矇矓起來，時間過得越來越慢，到最後，一分鐘如同一個小時。有那麼兩三次，遠方傳來幾聲狗吠，帶來一絲希望，不過，在一片漆黑當中，我們什麼都沒有見，狗吠聲消失了，或是傳到別的方向去了。

早上六點鐘，在灰濛濛的黎明之中，我們終於在路邊看到了兩座木板屋。最後這幾公尺的路，我們一躍而過，彷彿背上毫無負擔似的。我們彷彿從沒有感受過如此溫暖的迎接，從沒有吃過像他們賣給我們的那一塊塗了厚厚乳酪的麵包那樣的美味；馬黛茶從不曾如此令人神清氣爽。阿爾貝托對這些純樸的人炫耀他的醫師證明。我們來自不折不扣的阿根廷，那個有裴隆和他妻子艾薇塔居住的神奇之國，那裡不分貧富，印第安人不像在他們這個國家這樣受到剝削與欺凌。對他們來說，我們簡直是半個神了。我們回答了幾千個有關我們國家和生活習慣的問題，帶著仍然深入骨髓的夜寒，我們把阿根廷轉化爲渲染著玫瑰色畫面的迷人景象。這些羞赧而極爲厚道的「卻洛斯人」（Cholos）㉒，幫我們打起精神，於是我們又往前尋找了一處乾河床，把毛毯舖好，在溫暖旭日的撫摸下入睡。

十二點的時候，我們又出發了。在古老的維滋卡恰（Vizcacha）㉓的指引下，我們開心多了，前一夜的艱辛也都抛在腦後了。然而這可眞是條漫長的路，沒多久，我們就變成走走停停了。

下午五點鐘，我們停下來休息，看到一輛貨車漠然駛來的側影，一如其他貨車，上面也載滿人類牲口，這可眞是本地區最有利可圖的生意。大出我們意外的是這輛車停了下來，那個來自塔克納的民兵朝我們友善地揮揮手，邀請我們爬上車。當然，我們不需要多問第二句就上了車。車後的愛瑪拉（Aymara）印第安人好奇地盯著我們，卻沒敢開口問任何問題。阿爾貝托和其中幾個人談了幾句，可是他們的西班牙語都太破了。

貨車繼續攀爬在一片荒涼至極的山野裡，只有零零落落的矮樹叢帶來一點生命的跡象。接著，一路辛苦哀鳴著攀爬上坡的車子，突然像是輕輕地嘆了口放鬆的氣

——我們終於爬上了高原。來到艾斯他奎（Estaque），景致不可方物，我們凝視著面前的山野，目眩神移，只想弄清楚舉目所見的一切事物的名稱和來由。愛瑪拉人搞不懂我們怎麼了，而他們用結巴的西班牙語所提供的些微訊息，只更強化了周遭景物的衝擊力。

我們置身於一個傳奇的山谷，時間在這裡停頓了幾百年，而我們這些二十世紀的幸運凡人，竟然還有這種運氣得以看見，印加帝國爲了臣民福利而建的灌溉水道，從山上流下，形成上千道小小的瀑布交錯蜿蜒而下。在我們眼前，低低的雲層蓋住了山頂，不過，透過雲層四散的縫隙，你可以看見白雪灑落在最高的山峰，把峰頂染白。印第安人種植的各種作物，整齊排列在台地上，給我們的植物學上了全新的一課：oca, quinua, canihua, rocoto，玉蜀黍。

我們看見一些與剛才和我們同車的印第安人穿著相同的人們，現在出現在屬於他們的環境裡。他們披著顏色暗沉的毛氈短外套，長及小腿的緊身褲，腳登用繩索或是舊輪胎做的涼鞋。我們沉醉在眼前景致中，沿著山谷往塔拉塔而去。在愛瑪拉人口中，「塔拉塔」代表的是交界處，匯集的地方。由於塔拉塔位在群山形成的一個大V字形之處，所以這眞是個適切的名字。這是個古意盎然又平和的小鎮，幾百年來的生活步調幾乎沒什麼改變。殖民時代留下的教堂，不但年代久遠，還標示了當地印第安精神與外來的歐洲藝術的結合，想必是考古學上的寶藏。鎮上高高低低的小街上舖著本地的石頭；印第安婦女把孩子背在背上……總之，這個鎮四處可見這種在西班牙人征服之前的景觀。不過，這兒的人可不再是那個不斷反抗印加統治，結果逼使印加人在邊界上常設軍隊的光榮種族了。現在看著我們走在小鎮街上的人，是一個被擊敗的種族。他們謙恭地，甚至驚懼地注視著我們，對於外面的世界毫不在乎。有些人給我們一種感覺：他們活著，只因爲這是一種他們拋不開的習慣。

民兵帶我們去了警察局，他們給了我們一張床，還有警察邀請我們共餐。我們出去繞了小鎮一趟，然後上床躺了一會兒，因爲我們要在半夜三點鐘，搭一輛載人的卡車前往普諾（Puno）。感謝那個民兵幫我們安排了一趟免費的順風車。

在帕恰媽媽的天地裡

半夜三點，秘魯警察局的毛毯讓我們一身暖和，證明它們的價值果然不凡。不過我們也被值班的警察搖醒，不得不把毛毯留在身後，動身搭上往伊拉夫的貨車。這是個美妙的夜晚，但十分寒冷。我們獲得一項特權，可以坐到幾塊木板上面，這就把我們和臭氣薰人，滿身跳蚤的人類貨物區隔開來，他們暖呼呼卻要命的惡臭，簡直像套在脖子上的繩索。

當貨車開始往高處攀爬，我們才認清了這項特權的好處：鼻孔裡嗅不到一絲異味，也沒有一隻跳蚤能有那麼靈敏的運動細胞可以跳上來。不過從另一方面來說，風在四周呼呼地吹，不到幾分鐘，我們就覺得凍僵了。

貨車越爬越高，寒意也更加嚴重。我們必須把手伸出毛毯之外，來扶住身體不要掉下來——只要小小的震動，就可能使我們倒栽蔥掉到貨車的後頭。天快亮時，車子因爲汽化器的問題停了下來，在這個高度上，汽車引擎常出這種問題。我們快要到達這條路的最高點了，大約海拔五千公尺的高度。太陽開始昇起，一線微露的曙光驅走了一路上的黑暗。陽光具有很特異的心理效果：太陽還沒爬上地平線，但我們光是想著陽光即將帶來的溫暖，也就覺得暖和起來。

路邊，長著很大的半圓形的蕈。蕈是這個區域唯一的作物。我們採了一些來生了個可憐兮兮的小火，夠我們把一堆小雪熱成開水。我們兩個喝著怪異飲料的奇觀，對這些印第安人來說想必十分有趣——就像我們看他們穿傳統服飾覺得新鮮——他們不斷上前問我們爲什麼要把水放到怪異的手工藝品當中。貨車怎樣也載不動我們，所以我們必須在雪地裡走三公里左右。穿著靴子和毛襪子，我們還是覺得腳趾頭都凍僵了，而印第安人光著起繭的腳踩在雪地上卻毫不在意。他們踩著緩慢但穩定的步伐，踽踽走成一列縱隊，看來好像一列駱馬。

車子渡過了難關，意氣風發重新上路，沒多久，我們就過了山頂。山頂，一堆亂石形成一個石標，上頭插了一支十字架。車子經過的時候，幾乎每個人都朝石堆吐口水，也有一兩個人在胸前劃十字。我們大惑不解，就問這種奇特的儀式是怎麼回事，但回應我們的是全然的沉默。

太陽越來越暖和，溫度逐漸舒服。我們沿著一條河下山，這條小河在山頂發源，現在則是條相當可觀的河流了。四周白雪覆蓋的山峰俯望著我們，成群的駱馬和羊駝木然看著我們的車子開過，只有幾隻害羞的野生駱馬躲開我們這些入侵者。

我們中途歇息了很多站。在其中一站，有名印第安人怯生生帶著兒子走向我們。他的西班牙語講得很好，詢問我們關於美妙的「裴隆之地」的種種。剛才在山頂看到的美景點燃了我們的想像力，於是馬上描述起奇聞妙事，把阿根廷那位「首領」的剝削美化爲我們心甘情願的事情，談到我們國家的田園之美時，這兩位聽眾目瞪口呆。

帶著兒子的男人向我們要一本「阿根廷憲法」，他想看看憲法如何主張老人的權利。我們很熱情地答應一定寄一本給他。等我們要出發的時候，男人從他的大斗蓬底下掏出了一根看來十分可口的玉蜀黍遞給我們。我們兩個人用民主方式把玉米粒加以平分，很快就吃掉了。

下午過了一半的時候，天空變得灰沉沉的壓在頭上。我們經過一個很奇特的地方：大自然的蝕刻，把路邊的一顆顆大圓石化爲各式各樣的封建城堡。有城垛，有檐下的覓嘴人物頭像，還有一群怪物似乎是在守護這個地方，確保居住在其中的神祕人物不被打擾。剛才打在我們臉上的濛濛小雨，很快就變成傾盆大雨。司機叫了一聲「阿根廷醫生」，要我們擠進他的駕駛座——這兒算是整輛車裡頂豪華的位置了。

我們很快就與一名來自普諾的學校老師交上朋友，他因爲參加了「美洲民眾革命聯盟」㉔而被政府開除；這對我們無所謂，不過此人倒是明顯有印第安血統，深知自己的習俗和文化，於是就對我們說起千百個故事，以及他當學校老師時的回憶。這個地區的文人學者針對愛瑪拉和柯雅（Coyas）的辯論沒完沒了，而他忠於印第安血統，所以站在愛瑪拉人這一邊。他也爲同行旅伴們稍早的怪異行爲提供了解答。

印第安人在登上一座山頂時，會把他們所有的煩惱都寄放在可以象徵「帕恰媽媽」（Pachamama），也就是「大地之母」的一塊石頭下。石頭漸漸堆成我們看到的那種地標。西班牙人前來征服這個地區時，想馬上消滅這種信仰，摧毀這種儀式，不過徒勞無功。所以西班牙教士決定接受現實，不過在每堆石頭上面都插個十字架。這是四百年前的事了（德拉維加㉕說過這個故事）。從願意劃十字的印第安人人數來看，西班牙傳教的成效不大。現在，信徒不放石頭了，他們改吐咀嚼過的古柯葉，以此把他們的煩惱乾脆送給帕恰媽媽了。

每當這位老師談到他的印第安族群，那過去不願臣服印加帝國而力圖抗拒的愛瑪拉族的時候，聲音裡帶著引人共鳴的音調；而他談到今日印第安人被現代文明及同胞麥斯提佐人㉖摧殘的現況時，聲音又轉爲空洞消沉。（麥斯提佐人夾在白人世界與印第安人之間，爲了自己的處境而不滿，卻把氣出在愛瑪人身上。）他談著設立學校的需要，以便幫助每一個人了解自己世界的價值，促使人人在其中扮演有用的角色；他談到爲什麼需要徹底改變目前的教育體系，這些體系在有限的狀況下也提供了印第安人一點教育（這是按照白種人定義的教育），不過卻只更使得學生充滿羞愧與憎恨，將來既沒有能力幫助自己的同胞，也會在一個對他們充滿敵意、也不想接納他們的白人社會中，陷自己於極端不利的處境。這些不快樂的人，他們的命運是在一些不重要的官僚職位上混吃等死，在嚥氣那一天，希望自己的子女中有那麼一兩個可以多少完成一些他們終生企求的目標。(感謝孩子們身上那一滴西班牙殖民血液的神奇力量。) 當他這麼說著的時候，痙攣地握著的拳頭流露出一顆被自己不幸命運所折磨的心靈，以及他說是舉例但眞實是他個人眞實寫照的渴望。說來，他自己不就是這種教育下的典型產品？這個教育體系未能讓此人得利，讓他受益於「珍貴血液」的魔力——即使這種血液可能來自某個賣身於土豪的可憐麥斯提佐婦女，或是某個被醉酒的西班牙主人強暴的印第安婢女。

然而我們就要到目的地了，而老師陷入了沉默。路轉了一個彎，車子過了一座橋。早上我們看過的一條小溪，在橋下變成了一條寬闊的大河。伊拉夫到了。

太陽之湖

這座聖湖（的的喀喀湖）只露出它局部的宏偉，因爲普諾位在一處狹長的岬地，使得我們看不到湖的其他部分。平靜的湖面上，不時可以看到蘆葦做的獨木舟滑動著，有幾艘釣魚船則往湖心划去。風吹得很冷，而沉重的鉛色天空反映出我們的心境。我們沒有停留在伊拉夫，直接來到普諾，並且獲得暫時的住宿，又在當地的軍營大吃了一餐，但我們的運氣似乎用盡了。軍營的指揮官非常客氣地帶我們到門口，說明這是戍邊的崗哨，所以絕對禁止外國人在此過夜。

但是我們可不想連湖都沒仔細欣賞就走，於是去了碼頭打聽有沒有人願意用船載我們去欣賞湖景。我們必須要一名翻譯人員，因爲漁夫全都是愛瑪拉人，沒有一個懂一點西班牙語。不過，花了區區五塊錢，我們就讓他們答應帶我們和一名愛黏人又多管閒事的導遊一起出了湖。我們想在湖裡游泳，但是用小手指試試湖水的溫度之後，便打消了念頭。(阿爾貝托演了一遍脫靴子和衣服的儀式，當然結果得再穿回去。)

遠方灰濛濛的水面上散佈了一些黑點。導遊告訴我們有漁夫住在那些島上，其中有人平生還沒看過白人，還有人按照五百年前同樣的方法吃飯打漁，把衣著、禮儀和各種傳統保持得很完整。

回到渡口，我們散步到幾艘往返於普諾和玻利維亞渡口的船旁，想補充一下快喝完的馬黛茶存貨。不過，在玻利維亞北部，喝馬黛茶的人不多，事實上大部分人聽都沒聽過，所以，我們連半公斤也沒能買到。我們打量著這艘船。它是在英國設計，在本地組裝，它的豪華與這個區域的貧窮形成強烈對比。

我們的住宿問題在一個民兵站得到解決。一名和氣的少尉讓我們住進醫務室，雖然是兩個人擠一張床，但起碼很溫暖舒適。第二天，我們上教堂訪遊了一趟，然後發現一輛要去庫斯科的貨車。在普諾的醫生給了我們一封介紹信，要我們去找一位赫摩沙（Hermosa）醫師，他曾經研究痲瘋病，現在住在庫斯科。

往庫斯科的路上

這趟旅程的第一段並不算長，因爲司機把我們在胡利卡（Juliaca）放下，我們得在這兒另找一輛往北的車子。依照普諾那名民兵給的建議，我們去找警察局。裡面有位醉醺醺的警官一眼就喜歡上我們，邀我們一起喝一杯。他要了啤酒，除了我之外，每個人都一飲而盡。

「怎麼啦，我的阿根廷朋友，你不喝酒嗎？」

「不是不喝氣，只是在阿根廷我們不會這樣喝酒。請不要誤會，那是因爲我們喝酒的時候一定要吃點東西。」

「可是，切伊——」他把我的名字拉成一個很長的鼻音，「你怎麼不早講？」說完他拍了拍手，點了些乳酪三明治，我吃得心滿意足。然後他開始吹噓自己的偉大事蹟，說他在本地是多麼有名的神鎗手，人人怕他三分。

口說無憑，他掏出手鎗對阿爾貝托說：「切伊——，我表演給你看。你往後站二十公尺，在嘴裡咬根香菸，看看我能不能一鎗就把它點燃。我可以給你五十元。」阿爾貝托沒那麼愛錢，他不想爲了五十塊錢就栽在地上。「我給你一百。」阿爾貝托還是沒有要試的意思。

等到他把價碼抬高到兩百元，並且把錢放在桌上的時候，阿爾貝托的眼睛閃了一下，不過他自我保護的本能還是佔了上風，所以仍然沒有動靜。於是這位警官脫下帽子，朝鏡子裡瞄準，然後把帽子往身後一丟，並開了鎗。當然，帽子完好無缺，不過掛鏡子的牆可不是。酒吧老闆娘暴跳如雷，跑去警察局報案。

不到幾分鐘後，出現了一名警察來調查到底發生了什麼事，他把警官拉到旁邊說話。等他們回到我們身邊，警察朝阿爾貝托做了表情要他知道重點在哪裡，然後說道：「嘿，阿根廷先生，你還有剛才點的那種鞭炮嗎？」阿爾貝托一點就透，帶著一副全世界最無辜的表情，說他已經用光了。警察警告他在公眾場合點鞭炮是不對的，然後跟老闆娘說，這個案子已經結案，沒有人開槍，他也沒看到牆上有什麼痕跡。老闆娘叫那個警官不要站在牆邊，要他往旁邊挪開幾公分，不過她很快盤算一下就決定閉嘴，只是又多罵了阿爾貝托幾句。

「這兩個阿根廷人以爲這裡是他們開的。」她又罵了幾句，不過我們已經逃之夭夭，聽不清楚了。只是，我們之中有一個在想著他的啤酒，另一個則想著三明治。

我們又找到一輛貨車，和我們同車的人裡有一對來自利馬的年輕人，一路只顧證明自己比那些沉默的印第安人優越多少，而印第安人則始終忍受著他們的嘲弄，一副無事狀。起初我們不理會他們，可是在這片沒有盡頭的平原上行進了幾小時，實在沉悶，加上車上的印第安人戒心很重，外人問什麼問題都只短短回應一聲，我們別無選擇，只能和車上另兩名白人交談。事實上，這兩個利馬年輕人也沒有什麼大毛病，只是想澄清自己和這些印第安人的不同。

正當我們起勁地嚼著新朋友殷勤獻上的古柯葉的時候，這一對沒什麼心機的夥伴，旁若無人地大跳特跳起探戈來了。

天色暗下來，我們來到一個叫「阿雅夫利」（Ayaviry）的村落，一名民防隊長幫我們付錢住進了一家旅店。「什麼？兩個阿根廷醫生因爲沒有錢就要隨便睡？我可不想聽這種事。」我們囁嚅著推拒他出乎意外的慷慨，他卻這麼回了一句。不過，儘管床是暖和的，可是誰也沒闔眼，因爲古柯葉展開了對我們的報復：上吐下瀉，外加頭痛欲裂。

第二天一大早，我們搭同一輛車往西圭尼（Sicuani）出發。經歷了幾個小時的風雨和飢餓，我們在中午過後不久到達。一如往常，我們在民兵崗哨過夜，也得到很好的照料。有一條泥濘沉積得幾乎失去河流模樣的小河，維卡諾塔（Vilcanota），流到西圭尼，而我們的下一段旅程，就要沿著這條小河展開。

我們站在西圭尼的市集上，望著攤子上五顏六色的貨物，在攤販單調的吆喝和嗡嗡的人群聲中，忽然注意到街角聚集了一群人，於是就過去查看是怎麼回事。

十來名身穿亮色教士服的修士，引領著幾名一身素縞而臉色凝重的村裡士紳，他們抬著一架棺材。正式的隊伍到此爲止，後面行列則是一群雜亂無章的人。前進的行列停了下來，一名穿黑衣的人出列，站到一個陽台上，手裡拿著幾張紙：「吾人必須聚在尊貴的某某某先生的告別時刻……」一番長篇大論之後，隊伍又繼續前進到另一條街上，然後又停下來，另一位穿衣的先生出現在一個陽台上，「某某某先生雖然已經逝去，但是他的高風亮節……」等等。

可憐的某某某先生就如此通往他最後的安息之地，沿路忍受村人在各個街角把他們的怨氣滔滔不絕發洩出來。

又過了一天與前一日類似的旅程，終於到了庫斯科。

世界的肚臍眼

只有一句話能適切描寫庫斯科，那就是「喚起情感」。庫斯科的街上覆蓋著另一個年代的塵埃，看不見，但當你碰觸到它的底部，它就會像一座湖底的沈積物往上方昇起，把湖水弄混濁。不過，還有兩三個不同的庫斯科，或者說，還有兩、三種不同的方法可以召喚這個城市。當奧克洛媽媽（Mama Occllo）㉗從手中落下黃金楔子，沈入土裡之後，最早的印加人知道：此地就是比拉可恰㉘爲祂的選民所挑中的永恆家園，祂的選民放棄了遊牧生活，以征服者的身分來到許諾之地。他們鼻翕掀動，爲了新天地而興奮，他們向遠處眺望，周圍的山脈不成爲障礙，他們看出他們的龐大帝國終將茁壯。這些先前的遊牧民族不斷擴展他們的塔萬丁蘇宇㉙，也鞏固了自己所征服的土地的中心，也就是世界的肚臍眼：庫斯科。爲了悍衛這個中心，他們建立了巨大的沙薩華蔓（Sacsahuaman），居高臨下俯望著這個城市，也保護他們帝王的宮殿和廟宇不受敵人的侵襲。

所以，就在被愚蠢而無知的西班牙征服者摧毀的要塞裡，在那些殘破的廟宇和被劫掠一空的宮殿裡，以及那些遭受殘害的印第安人身上，庫斯科在哀怨低吟。這個庫斯科在邀請你化身爲戰士，人手一棍，保衛印加的自由與生命。

不過，還有一個從高處望下來的庫斯科，一個抹去了那些毀棄的要塞、由紅瓦鋪成的庫斯科，點綴著巴洛可風的圓頂教堂。當你走在狹窄的街道上可以看到土生土長的人們穿著傳統服飾，全都是當地的傳統色彩。這個庫斯科邀請你就勉強當一名觀光客吧，走馬看花四處看一看，在冬日灰沉的天空下享受它的美。

還有一個庫斯科：一個活力充沛的城市，見證了那些在西班牙旗幟底下的勇氣，這些勇氣寫在紀念碑、博物館和圖書館裡，呈現在教堂的建築上，流露在白人領袖到今天還以征服者自傲的獨特面容中。這個庫斯科邀請你穿起盔甲，跨上強健的戰馬，在不堪匹敵的印第安人血肉之軀間殺出一條血路，使他們的肉身人牆在奔騰的鐵蹄下潰散。

這幾個庫斯科各有其值得憑弔之處，因此我們分別花了些時間去探訪。

印加之地

庫斯科四周都是山。對當年的印加人而言，群山所提供的屏障少，而所造成的危險多。因此，爲了保護自己，印加人建立了一個龐大的沙薩華蔓要塞——這是一般人都接受的說法，我一時也難以批駁。然而，我認爲這個要塞也有可能是庫斯科原始的市中心。在他們剛放棄遊牧生活的時候，他們只是一支野心勃勃的部落，爲了保護定居的人口，而且又要對抗一個在人數上遠遠勝過他們的敵人，沙薩華蔓的圍牆可以提供最理想的地點。這種結合城與堡的雙重作用，可以解釋沙薩華蔓建造之謎，因爲光說建它只是爲了遏阻入侵者是說不過去的。何況，庫斯科在其他幾面方向都毫無屏障。值得提出的一點是：這座要塞的位置，可以控制兩座通向庫斯科的山谷。鋸齒形的牆壁，表示一旦敵人入侵，就可以從三面作戰。如果敵人穿過這層防衛，會遇上另一道類似的城牆，而第二道後面還有第三道。這就讓防衛的一方有空間行動，集中力量來反擊。

這一切設計，再加上庫斯科後來的繁華發展，讓人以爲克查（Quechua）㉚武士有了他們的要塞所以是無法攻克的。雖然要塞的工事反映了這支民族的創意和精準的算術，但是起碼在我看來，這是前印加時期的文明階段，是他們懂得欣賞物質之前的事。克查這支冷靜的民族並沒有在文化上達到優秀成就，但的確在建築和藝術上頗有表現。隨著他們在戰爭中的節節勝利，把敵人部落驅逐得離庫斯科越來越遠，而他們也不受限於要塞，反正隨著人口日益增多，要塞也住不下了，於是他們沿著河，擴展到鄰近的谷地。他們意識到自己的光榮，於是回顧過去，爲自己的優越尋找一些解釋，這也就是他們爲什麼開始崇拜神祇、建造神殿，並形成祭司階級，因爲萬能的神幫助他們成爲主宰這個區域的民族。如此，克查人的偉大表現在石塊中，而後來被西班牙人所征服的壯麗庫斯科，也逐步成形。

今天，猶可見當初的野蠻征服者爲了鞏固勝利而進行的瘋狂破壞，而印加的祭司早已不是權力的主導中心，但他們的石堆仍像謎一般矗立，毫不因時間而荒蕪。當西班牙軍隊掠奪這個已然戰敗的城市時，把怒火發洩到印加的神殿上，一方面是要滿足他們對黃金的貪婪，那些裝飾在牆上象徵印地（Inti）太陽神的黃金，一方面也要滿足他們一種虐待狂的樂趣，把一個憂傷民族的快樂且賜予生命的象徵，轉換成一個快樂民族的憂傷偶像。他們把印地神的神殿從牆到根基都加以破壞，或者改造成新宗教的教堂。一個大宮殿的遺址被用來建造一座大教堂，而太陽神殿的牆壁被用來當作聖多明哥教堂的基座。這是志得意滿的征服者所賜下的一課，也是一個懲罰。

不過，美洲的心臟仍憤慨地顫動著，直到今天還順著溫柔的安地斯山脈的背脊把震動傳送到地面。聖多明哥教堂的傲然頂蓋有三次垮得破碎不堪，牆壁也傾圮，然而它們所立足的根基，也就是太陽神殿灰沉的石塊，卻屹立不搖，不論篡奪者身上遭到多大的毀壞，這些巨石都紋風不動。

然而，大地的報復比起它所受到的破壞，真是微不足道。灰沉的石塊央求神祇摧毀那些可惡征服者的呼聲逐漸微弱，現在看來不過是疲憊而沒有生命，只能喚起觀光客的讚嘆罷了。面對白種征服者的狂暴，以及他們對磚塊、圓形屋頂和弓架結構的知識，印第安人建造印加洛卡（Inca Roca）宮殿時的耐心和體力算得了什麼？

印第安人雖然急切等著他們的神祇降臨報復，卻只看到成群的教堂聳立入雲，甚至把他們驕傲的過去都抹平了。印加洛卡皇宮的六公尺城牆，只被征服者用來建造他們自己的殖民地宮殿，忠實反映了戰敗武士的悲嘆。

不過，創造了奧蘭托（Ollantay）㉛戲劇的民族，絕不只留下了庫斯科來緬懷他們光榮的過去。沿著維卡諾塔河，或是烏魯班巴河（Urubamba）百餘公里，還有一些印加遺跡。最重要的遺跡位於山頂，那兒的要塞牢不可破，經得起任何突擊。沿著一條狹窄的山徑爬了長長兩個小時之後，我們來到皮沙（Pisac）的峰頂。早在我們很久之前，西班牙士兵的長劍也到過這裡，摧毀了防禦者、防禦工事和神殿。從四散的石塊很可以想像那場防衛戰的景像，那兒是印地瓦塔那（Intiwatana）之地，是把中午太陽「綁下來」的地方，也是祭祀所在。但今天所剩無幾了！

沿著維卡諾塔河，我們繞過一些次要的遺跡，來到奧蘭塔坦布（Ollantaytambo），這是個大要塞。曼柯二世（Manco II）㉜起兵反抗西班牙人的時候，在這裡抵擋了赫南度・皮札洛（Hernando Pizarro）的大軍，並且建立了四個印加王朝中比較小的一朝，與西班牙帝國同時存在了一段時間，直到末代的軟弱國王被托列多（Toledo）總督派出的暗殺手殺死於庫斯科市中心的廣場上。

一塊高約一百公尺的岩丘矗立在維卡諾塔河旁，岩頂就是這座要塞，它唯一容易遭到攻擊的一邊，有狹窄的小徑通往鄰近山區，並以石造的工事防衛，可以阻擋與己方人力相當的進攻者。比較低的部分完全是防禦設計，比較沒那麼陡峭，劃分爲二十個很容易防守的台地，會使得進攻者容易受到夾擊。要塞的上方有軍營，最頂處還有一座神殿，他們很可能把所有以貴金屬打造的財寶都收藏在這裡。然而，今天連記憶都不剩了，連曾經建造神殿的大石塊也被拿走了。

回庫斯科的路上，接近沙薩華蔓的地方，有一個很典型的印加建築。照我們導遊的說法，這裡曾經是印加人洗澡的地方。從這裡到庫斯科的距離來判斷，我覺得這說法有點怪，除非這是一種君王沐浴的儀式。但如果這種說法是對的，那麼古代印加皇帝的皮膚可比他們的後代厚多了，因爲這裡的水雖然嚐起來是甜的，但是十分冰冷。這個地方的頂端有三個梯形的壁龕（形狀和功能不淸楚），叫作坦布瑪奇（Tambomachay），正位於通往印加谷地的入口。

然而，不論就考古還是觀光的角度，本區最重要的遺址乃是馬丘皮丘（Machu Picchu）。馬丘皮丘是當地的語言，意思是「老山」，但這個名字實在無法讓人聯想到一個保護了一支自由民族最後一批戰士的地方。發現了這個遺址的考古學家畢英漢（Bingham）認爲，這裡不只是抵抗入侵者的屏障之處，更是意氣風發的克查人的發源地和聖地，到了後來西班牙的征服時期，這裡才變成戰敗軍隊的避難地。

乍看之下，有幾點可以證明這位美國考古學家所言不虛。舉例來說，在奧蘭塔坦布，儘管其背後的坡地並不陡，防禦者不敢擔保一定能擊退進攻者，但最重要的防禦工事是背對著馬丘皮丘的，這也許說明了防禦者的背後是有掩護的。另外一個指標是：所有的抵抗都宣告無效之後，他們仍然想盡辦法保護此處。最後一個印加人被捕的地點離馬丘皮丘很遠，而畢英漢在馬丘皮丘找到的幾乎都是女性的骸骨。畢英漢認爲這些是太陽神殿上的處女，而這種宗教儀式的意義，西班牙人一直沒能弄懂。

如同這類建築的通常狀況，太陽神殿與它名聞遐邇的印地瓦塔那雄踞城市的上方。太陽神殿以岩石爲基座，也是從岩石上開鑿出來，其旁一排磨亮的石頭顯示了這是個非常重要的地方。有三扇克查人建築裡典型的梯形窗戶俯瞰河流，畢英漢認爲，印加神話中的艾勒斯（Ayllus）兄弟就是從這三扇窗出去到外面的世界，向祂們的選民指引許諾之地。他這種觀點在我來看是有點牽強的，而且不必說也知道，這種解釋遭到許多權威的研究者質疑，而有關太陽神殿的功能如何，也引起眾多爭辯。畢英漢認爲這兒的太陽神殿也是個圓形的空間，和庫斯科的太陽神殿相類似。不論眞實狀況如何，石塊的形狀和切割的痕跡都顯示這是一處無比重要的建築。有人認爲：在形成基座的巨石底下埋有印加帝王的陵寢。

你在這兒可以看出城裡各個不同社會階級的差異，每個階級按照他們的身分據有一個特定的地方，與其他人保持或多或少的距離。很可惜，當時他們只有稻草做的屋頂，所以今天沒有任何屋頂遺留下來，連最壯觀華美的建築遺址也沒有屋頂。但他們沒有圓頂或是拱形結構的知識，所以很難解決屋頂的問題。在一些保留給軍隊的房子裡，我們看到了石牆上的壁洞，有點像是小室，兩邊各有一個大小夠一個人手臂穿過去的洞。顯然這是一個執行懲罰的所在，人犯把雙臂伸進這兩個洞裡，然後就把他往後推，一直推到胳臂斷掉。我不太相信，於是把胳臂伸進了洞裡；阿爾貝托輕輕一推，我馬上痛得摧肝裂肺，覺得如果他在我胸部再推幾把，我整個人就四分五裂了。

然而，從兩百公尺外的懷納皮丘（Huayna Picchu）那邊望過來，可以看到馬丘皮丘最壯觀的模樣。懷納皮丘的意思是年輕的山，不算重要的遺址，當年應該不是當作居住處或要塞，而應該是當崗哨用。馬丘皮丘的地形奇險可居，兩邊各以三百公尺高的峭壁下望河流，一邊是連接「年輕的山」的狹谷，至於四邊裡最脆弱的一邊也有一排台階保護，任何人進攻都得付出慘痛代價。而正前方，大致朝南的方向，有龐大的防禦工事和逐漸尖峭的小山頭，易守難攻。如果你還記得湍急的維卡諾塔河就沿著山底蜿蜒而下，你就會明白，馬丘皮丘的第一批居民眞是做了聰明的決擇。

不管怎麼說，這個要塞的起源如何都不重要了，最好把這個議題留給考古學家吧。不能否認而也最重要的是，我們所看到的，是美洲大陸上最強悍的原住民族所展現的威力，不受征服者的文明影響，牆垣間盡是啓人幽思的寶藏。而這些牆垣都不再扮演自己的角色了，遂因百無聊賴而沈寂。但是這四周的壯麗景色感動了夢想家，帶領著他們在此遺址間穿梭。來自北美洲的觀光客，被他們現實的世界觀局限了，也許可以把旅途中看到的沒落民族與這些一度生機盎然的牆垣聯想在一起，但沒能看出這兩者之間隔著怎樣的精神距離，因爲，只有南美洲的半土著靈魂才能理解其中幽微。

地震之主

自從地震以來，瑪麗亞・安哥拉（Maria Angola）鐘這還是第一次敲響。相傳這座尺寸在全世界名列前茅的名鐘是以二十七公斤的黃金鑄成，是由一位名叫瑪麗亞・安居洛（Maria Angulo）的女士所奉獻，只是為了讀音悅耳，所以稍改了名字。

這座大教堂的鐘樓在一九五年的一場地震中毀掉，後來在西班牙的法朗哥將軍主政時期修復。為了表達感激，樂隊奉命演奏西班牙國歌。第一個音符才出來，紅衣主教的紅帽子就更紅了，他雙手在空中揮舞得像個木偶，大嚷著：「停，停，你們搞錯了！」而一名西班牙人則憤慨叫著：「辛苦了兩年，看他們演奏什麼曲子！」不知是否故意，樂隊演奏的是西班牙共和國的國歌。

下午，我們的「地震之主」從祂在大教堂裡的休息處出巡了。這是一幅膚色黝黑的耶穌基督畫像，在城裡領著遊行隊伍前進，在所有主要的教堂門口都會停一停。所經之處，無業遊民就會上前爭相投擲當地人口中的奴區（nucchu）小花，這是附近山腰上的花種。鮮紅的花朵，深古銅色的地震之主面容，再加上祂銀色的壇座，爲這支隊伍帶來一種充滿異教徒節慶的風味。印第安人五顏六色的衣著更加強了這種效果，他們都穿上了最稱頭的傳統服飾，表露了一種仍然肯定人生價值的文化及生活方式。相對的，一群穿著歐洲服飾的印第安人則舉著旗幟走在隊伍前頭，他們認命而拘謹的面容，反映出這是一群對曼柯二世的呼喚置耳不聞，反而加入皮札洛陣營的克查人，由於挫敗而自抑，使得他們這一度光榮的獨立民族因而透不過氣了。

在駐足等候遊行隊伍經過的矮小印第安人之中，偶爾你會瞄到一名金髮的北美人，在遺世獨立的印加帝國裡，他們帶著相機，穿著運動衫，看來好像（事實上也是）來自另外一個世界的密使。

勝利者的家鄉

印加帝國一度輝煌的首都還保存了許多榮耀，這僅只是出於多年來的惰性。新生的一代炫耀自己的富裕，而這是與昔日同樣的富裕。有時候，他們不只是保存了昔日的富裕，還加以擴充——這得歸功於此地區金礦和銀礦的開發。但是庫斯科畢竟不再是世界的肚臍，而只成爲世界邊陲地帶眾多地點中的一個而已，它的財富也透過海路轉移到另一個國家去裝飾另一個宮廷。印第安人不再以同樣的投入和奉獻來耕耘不毛之地，而征服者也顯然不是來這塊土地奪取它的供給——他們藉由一番英雄行徑，或是單純的貪婪，來賺取一筆輕鬆的財富。庫斯科的榮耀逐漸淡去，被推到旁邊，被遺忘在山林，而在太平洋岸邊的新興對手，利馬，卻因對流出秘魯的財富經手課取稅金而日益興隆。雖然這種財富的流出沒有發生什麼動亂，但是印加這個一度光芒萬丈的首都，逐漸變成今日模樣，成爲昨日黃花。直到最近，有些怪異的現代建築物竄起，與原有建築形成衝突，不過殖民時期的輝煌紀念建築物，則保留得十分完整。

大教堂位於市區的正中心。它就像那個時代典型的建築，外表看來像個城堡而不是教堂，內部則金壁輝煌，與光輝的過去相呼應。邊牆上的巨幅繪畫與聖壇上的精品並不相襯，但也不致格格不入，在我看來，一幅聖克利斯多福出水的畫作就是幅好畫。地震也在這裡造成一些損害，有些畫框裂了，畫本身也有刮損和皺折。黃金的畫框，和通往邊壇、歪斜掛在鏈上的黃金門扉，好像是舊時代的傷口，感覺非常奇異。黃金沒有白銀那種溫柔的尊嚴，無法隨著年代久遠而更有魅力，這座大教堂看來就好像一名濃粧艷抹的老太太。眞正的藝術精品是那些木頭唱詩班座席。印第安人或麥斯提佐人在杉木上雕刻出聖人的行跡，眞正結合了天主教的精神和安地斯居民謎樣的靈魂。

庫斯科的大一寶貝，也是所有觀光客都應該一遊的，是聖巴拉斯大會堂的講道壇——它最可觀之處在於精細的雕工；在它前面駐足，會感覺到它和唱詩班座椅一樣，透露出兩個雖然互敵卻也互補的民族的融合。這整個城市是一座大藝廊，教堂當然不在話下，連每一棟房子和每一條街上的每一個陽台，都讓人想到過去。當然，不是每一個地方都值得你投入同樣的時間。我此刻整理著這些筆記，離那個地方已經如此遙遠，筆記上的記載讀來也沒有那麼鮮活了，我很難說出到底是哪一點最讓我無法忘懷。我遊訪過那麼多的教堂，最後記得的是貝倫教堂被地震摧毀了的鐘樓，像一頭肢體不全的動物倒臥在山邊。

其實，仔細想來，並沒有多少藝術品值得仔細鑑賞，你不必爲了某一個藝術品而特別去庫斯科一趟。是這個城市整體流露出一種寧謐的氣氛，當然這種氣氛有時候也會令人感覺不舒服，它是一個消逝文明的中心。

簡而言之的庫斯科

就算把庫斯科的一切都從地表抹除，在原地換上一個毫無歷史背景的小鎮，仍然有些東西是值得一談的。我們把對此城的所有印象像雞尾酒一樣混合在一起。在那兒的兩個星期，我們就和這趟旅程的其他段落一樣，以「遊蕩」爲主要特色。給赫摩沙醫生的介紹信十分管用，但他不是那種非要有一封正式的介紹信才肯提供協助的人——他聽到阿爾貝托曾和美洲首屈一指的痲瘋病專家費南德茲博士（Dr. Fernandez）工作過，就夠了·，何況阿爾貝托又施展了他天花亂墜的嘴上工夫。幾次與赫摩沙醫生長談之後，我們對秘魯的生活有了概括了解，我們也有機會搭他的車去探訪印加河谷。他對我們非常好，還爲我們安排了去馬丘皮丘的火車票。

從庫斯科開出的火車，破舊不堪，且要應付高低起伏得很厲害的地形，所以平均時速只有十到二十公里。這段火車爲了開出庫斯科，必須先往前開一段路，再倒退到另一條鐵軌上，如此這般反覆幾次，火車才開上一個高地，這才沿著一條最後會流入維卡諾塔河的溪流往下坡走。我們在火車上遇見一對智利的蒙古大夫，他們在賣藥草，也幫人算命。他們非常友善，喝了我們的馬黛茶後，把自己的食物拿出來和我們分享。

我們抵達了遺址，碰到一群踢足球的人，邀我們也下場玩。我表演了幾個快速攔截之後，盡可能謙虛地承認自己和阿爾貝托曾經踢過布宜諾斯艾利斯的甲組聯賽。阿爾貝托在中場表演了一下如何處理場邊球（當地人叫盤盤球）的妙技。我們出色的表現被這顆球的主人注意到了，他是一家飯店的經理。他邀我們逗留幾天，等下一批搭乘特別車班來的美國人到了再走。這位索托先生是個好人，知識也十分淵博，等我們實在談累了他所熱愛的運動話題，又聊了很多印加文化的事情。

臨走時，我們十分不捨。喝了索托先生為我們準備的最後一頓芳香的咖啡後，我們搭上了回庫斯科的十二小時小火車。這種火車有一節專門給當地印第安人乘坐的三等車廂，它和阿根廷用來載運牲畜的車廂差不多，只不過牛糞的味道可比人的對等物好聞多了。就印第安人的衛生觀念而言，不分男女老幼都在路邊方便，女人會用裙子擦一擦，男人則完全不管，直接起身上路。如果是帶著孩子的印第安婦女，那她們的襯裙可是名符其實的糞便儲存室，因為每當孩子排泄一頓，她們就會用襯裙來幫他擦屁股。

搭乘特別車班的觀光客和我們交錯的時候，我們一定要停下來讓他們先行，對舒舒服服的他們來說，光瞄一眼我們的車廂，是很難想像印第安人到底如何生活的。由於發現這個廢墟的是美國考古學家畢英漢，他曾把他的發現以大眾容易理解的軼聞方式發表在刊物上，所以馬丘皮丘在美國非常有名，大多數北美的人來秘魯玩都會來到這裡。（通常他們會直飛利馬，逛一下庫斯科，見識一下廢墟，然後就打道回府，不認為其他的東西也值得一看。）

庫斯科的考古博物館的收藏品很少。等到政府覺察到有多少寶物被偷渡出境的時候，已經太晚了。獵寶的人、觀光客、外國考古學家，以及任何一個對這主題有興趣的人，以很有系統的方式掠奪了這個區域。最後這個博物館收集的只是殘留的糟渣。然而，對於我們這種對考古所知不多，對印加文明不過新近才有了一點印象的人來說，還是很有看頭，我們在這博物館花了很多天的時間。

館長是個麥斯提佐人，學富五車，對自己身上所流的血液和所歸屬的種族有一份特別的研究熱情。他跟我們談起過去的光榮、今天的貧窮，以及教育印第安人的迫切需要——如果要徹底重建此民族，教育是必要的第一步。他主張盡快改善印第安家庭的經濟水準，這樣才能消除古柯葉和酒精對他們的麻痹作用。他也談到如何傳播有關克查民族的眞正知識，好讓族人能夠對自己的過去引以爲榮，而不光是看著眼前，爲自己是個印第安人或麥斯提佐人而深感恥辱。此刻正値聯合國在討論古柯葉的問題，我們就把自己的經驗講給他聽。他說他也碰過同樣的事情，並咒罵那些以毒害大量人口來賺取快速利益的人。這位館長帶有印第安特徵的長相和他談起未來時的飛揚神采，是此博物館的另一項寶藏。而他是個會走動的博物館，見證了一個仍然爲自我認定而奮戰的民族。

人生受難地

我們按遍門鈴卻投靠無門，只好依著加德爾的忠告，面向北尋找好運㉝。我們是不得已才停在阿班凱（Abancay）歇腳，因爲必須在這裡搭車前往宛保（Huambo）痲瘋病院附近的城鎮，宛卡拉瑪（Huancarama）。

我們還是老辦法，投宿及吃食靠國民兵或醫院，交通則靠搭便車。適逢受難週，來往卡車很少，我們因此等了兩天。我們在小城裡閒蕩，醫院的餐點少得可憐，也沒什麼好玩的事可以讓我們分神，忘記饑餓。

我們躺在河邊的草地上，望著天邊變幻的晚霞，遐想著舊時愛人，或是從雲朵的形狀聯想到令我們垂涎的食物。

要回警察局過夜時，我們因爲抄小徑而迷了路。我們穿過田野、攀過圍牆，結果來到一棟房子的內院。我們攀過一道石牆，才看到一隻狗及一個人，在月光下看來活像是鬼影。我們當時沒想到，我們背著光站在那裡，看在這人眼裡才更恐怖。我禮貌地說了聲「晚安」，結果對方發出一記怪聲，我想他說的是「比拉可恰！」㉞接著人與狗就一溜煙逃進屋裡，也不聽我們友善的問好及道歉。我們不慌不忙從前門離開，踏上一條看來像是回程的路。

因爲窮極無聊，我們跑去教堂看儀式。那可憐的神父準備滔滔不絕講三個小時的道，但他天花亂墜了大約一個半小時就詞窮了。他用求助般的眼神望著會眾，顫抖著手向教堂某處一揮，說：「看哪，看哪，我主降臨了，我主與我們同在，祂的聖靈引領著我們。」停了半晌，他又開始大放厥詞，一會兒他好像又快江郎才盡了，就又戲劇性地重施故技。到他第五或第六次宣告基督降臨時，我們忍不住格格大笑，趕緊離開教堂。

我不知道我的病爲什麼又發作（不過我敢說，虔誠的基督徒會知道原因），抵達宛卡拉瑪之時，我連站都快站不住。我腎上腺素都用完了，氣喘情況很嚴重。我裹著一條警用毛氈，菸一根接一根抽，看著雨下不停，藉此減輕倦意。天色微明時，我才在陽台上倚著柱子勉強入睡。早上我情況好了些，阿爾貝托又找來一些腎上腺素及幾顆阿斯匹靈，讓我的精神又煥然一新。

我們去見了代理總督，他是地方上的某種頭頭，我們向他借幾匹馬，好前往痲瘋病院。他熱誠歡迎我們，一口答應，說五分鐘後就會有兩匹馬在警察局等我們。

我們等待馬匹時，看到一群衣服破爛的小伙子正賣力出著操，而扯著喉嚨發號施令的人是前一天對我們很友善的那個士兵。他一看到我們，先必恭必敬行個禮，一轉頭又繼續對手下大呼小叫，折磨他們。秘魯的役齡男子中只有五分之一眞正入伍服完兵役，其他的則在周日出操，我們眼前這批不幸的小伙子就是如此。事實上他們都很不幸，士兵得忍受教官的怒氣，教官則因爲士兵們懶散緩慢而發火。他們聽不懂西班牙語，也搞不懂爲何教官要他們向左轉、向右轉、起步走或是立正，他們就得照做，因此他們的動作心不甘情不願。不管誰來指揮，都難免要發脾氣。

馬匹來了，士兵派給我們一個嚮導，但他只會講克查語。我們上了山路，路很難走，換了別的馬大概會走不動。嚮導則徒步，在陡峭難行處幫我們抓著馬勒。走了約三分之二路程，突然冒出一名老婦人及一個小伙子，他們一把抓住轡繩，劈哩叭啦講了一堆話，我們只聽懂有個字像是「馬」的意思。一開始我們以爲他們是要賣竹籃子，因爲老婦人提著一堆竹籃子，所以我一直對她說：「我不買，我不要」，要不是阿爾貝托提醒我說，和我們講話的是克查族人，不是人猿泰山的親戚，我還會跟他們這樣耗下去。最後好不容易迎面來了個會講西班牙話的人，他解釋說，我們騎的馬是這些印第安人的，他們先前騎馬經過代理總督府門前，結果馬匹就硬被他徵用來給我們騎。我騎的馬是小伙子的，他騎了約二十英里的路來奉召出操，而可憐的老婦人住在和我們去路相反的方向。我們就做了任何正人君子都該的事：下馬，交還馬匹，徒步上路。

嚮導背著我們的行囊走在前頭，我們就這樣走完最後幾英里路，到了痲瘋病人村。我們拿了一索勒酬謝嚮導，錢雖然少得可憐，但他高興得連聲道射。

出面迎接我們的是痲瘋病院院長蒙提賀（Señor Montejo），他說他沒地方給我們住，但可以替我們安排到附近一個地主家中借宿。這位主人給了我們一個房間，有床鋪有吃的，正合我們所需。第二天早上我們前往病院探視病患。院方做的是默默耕耘的偉大工作。病院的整體狀況很糟，三十一個痊癒無望的病患擠在不到半條街大的區域裡，其中三分之二的空間是「病人區」。他們漠然等待死亡，至少他們給我這種印象。這裡的衛生情況十分糟糕，山區來的印第安人可能不覺得怎樣，但只要受過一點教育的人都會覺得難以忍受。想到他們要在這四堵土牆裡度過餘生，周遭的人連語言都不通，四個看護每天只出現短短的時間，幾乎會讓人精神崩潰。

我們走進一個稻草屋頂、木頭天花板及泥土地的房間，裡面有個膚色白皙的女孩正讀著凱洛斯（Queiros）所著的《巴希里歐表兄》（*Cousin Basilio*）。我們聊起來，女孩說著說著就哭得無法抑遏，直說人生實在是「受難地」。這可憐的女孩來自亞馬遜地區，她在庫斯科被診斷出患了痲瘋，那裡的人說他們會送她去更好的地方治病。庫斯科的醫院雖然不怎麼樣，至少還算舒適。女孩用「受難地」形容自己的遭遇，我覺得實在恰當不過。

病院裡唯一像樣的事情是藥物治療，其他的惡劣情況只有個性聽天由命的秘魯山區印第安人才受得了。當地居民的民智未開，使得院方及病患的情況雪上加霜。一位院方人員說，病院的外科醫師有次要動個大手術，但不能什麼器材都沒有就在餐桌上開刀，於是他向附近安達威納斯（Andahuaylas）的醫院求助，說他們就算只肯借停屍間給他用都沒關係，但對方還是回絕了，病人也就因爲動不成手術而一命嗚呼。

蒙提賀先生跟我們說，這所病院的成立，要感謝知名的痲瘋病學家派賽醫師之助，而蒙提賀本人從創辦之初就一直主其事。當年他來到宛卡拉瑪時，沒有一家旅館願意讓他投宿過夜，他城裡的幾個朋友也都不肯收留他，當時又下著雨，他只好在豬圈過了一夜。前面提到的那個生病女孩，也不得不徒步前來痲瘋病院，因爲她和同伴借不到馬，而這已經是病院成立好幾年以後的事了。

受到了熱情款待之後，我們被帶去看幾公里外的新建病院。醫院看護問我們對新醫院有何看法時，眼中閃著與有榮焉的神采，彷彿那是他們一磚一瓦親手蓋的。我們何忍出言批評——只是，新的病院還是和舊的一樣，沒有實驗室或手術設施，更糟的是它位在蚊蟲猖獗的地帶，如果整天待在那裡，根本就是虐待。話說回來，新醫院可以收容兩百五十個病人，還有一名長駐醫師，衛生條件好了一些，但仍有許多地方有待改善。

我們在這附近待了兩天，我的氣喘變嚴重了，因此我們決定離開，到別的比較像樣的地方去。

讓我們投宿的農場主人借了我們兩匹馬，讓我們回城裡去。帶路的仍是那個沈默寡言、講克查語的嚮導，農場主人堅持要背我們的行李。對這一帶的有錢人來說，僕人理當背重東西，就算他是徒步走路也一樣，僕人本來就該刻苦耐勞。走過了第一個轉彎，回望已經看不到來時路，這時我們從嚮導那裡接過行李——只是，我們從他謎樣的臉孔上看不出他是不是感謝我們這樣做。

回到宛卡拉瑪之後，我們同樣投宿在民兵站，第二天很幸運問到了一輛要開往北邊的卡車。經過一段旅途顛簸，我們終於抵達了安達威納斯，我在這裡找醫院療養身體。

還不想回家

我在醫院休養了兩天，恢復了一部分體力，然後我們又轉向老朋友國民兵求助，他們依然對我們大開善門。我們手頭只剩一點錢，連吃飯都不夠用，但我們不想在抵達利馬前找工作，因爲在利馬比較可能找到工資較高的事做，這樣我們才能有更多錢繼續征途，因爲我們都還沒有回家的念頭。

第一晚過得還不錯，營裡的中尉待人和善，邀我們和他一起吃飯，讓我們飽餐了一頓。只是，接下來的兩天只有飢餓與我們作伴，而由於我們不能離開營站太遠，因爲卡車司機要上路或過境都得到營站來通關驗證，所以也很無聊。

到了第三天傍晚，也就是我們在安達威納斯的第五天，我們終於問到一輛火車要前往愛阿庫綽（Ayacucho）。再待下去就會惹人嫌了，因爲阿爾貝托路見不平，看到一名守衛辱罵一名印第安婦人而出面干涉。婦人是帶吃的東西前來探望獄中的丈夫。阿爾貝托的仗義直言一定讓當地人百思不解，因爲他們並不把印第安人當人看，印第安人能苟活下來已是萬幸，而我們也因此事成爲不受歡迎人物。

天黑後我們離開了這個我們形同犯人般被迫羈留數日的地方。卡車一路爬高，穿越了向北往安達威納斯的山區，氣溫一路下降。更慘的是，我們被這地區常見的暴雨淋成落湯雞，躲都沒得躲——因爲我們坐在卡車後面，和司機助手的一名印第安少年一起，負責監看十頭要運往利馬的牛。我們在一個叫青卻洛斯（Chincheros）的小鎮過夜，由於我們兩人冷得要命，也顧不得錢快沒了，去吃了一頓還過得去的晚飯，並要了一個雙人床位。我們當然是對店主聲淚俱下，訴說我們的遭遇如何淒慘云云，這一招果然奏效，他連吃帶住只收我們五塊錢。隔天我們繼續上路，一路經過深谷及土話所稱的「彭巴」（pampas），也就是秘魯山脈頂端的高原；秘魯的地形崎嶇，除了亞馬遜流域的森林地帶之外，幾無平地可言。我們看牛的差事愈來愈麻煩，因爲牛群腳下的木屑都被吹散，而牠們站得太久，卡車又一路顚簸，因此一隻接一隻想要躺下。我們得讓牠們再站起來，因爲牠們若被同伴踐踏了，可能會死掉。

阿爾貝托發現有隻公牛的角刺到另一隻的眼睛，於是提醒就在牛隻旁邊的那印第安少年注意，結果他極具印第安精神，聳一聳肩，說：「又怎樣，牠眼睛看到的都只有大便。」然後若無其事繼續編他手上的結。

我們終於抵達了愛阿庫綽，這裡在美洲史上很有名，因爲玻利瓦就在城外平原一役定江山。秘魯所有山城普遍都有的街燈昏暗問題在此似乎特別嚴重，電燈在夜裡只微微亮起橘黃一圈。有位喜歡結交外國朋友的紳士邀我們到他家過夜，隔天又幫我們找到一輛要開往北方的卡車，也因此這小城裡有多達三十三座的教堂，但我們只看了一、兩座。我們向這位新朋友道別，再度向利馬出發。

穿過祕魯中部

我們接下來的旅程還是差不多，多虧一些善心人看我們窮得可憐，才能偶爾吃上一頓。只是我們仍總是吃不夠。屋漏偏逢連夜雨，這天傍晚我們得知，前面發生了山崩，我們必須在一個叫做安科（Anco）的小村過夜。第二天一早我們坐上卡車，但走沒多久就是山崩所在，就耗了一天在那裡，肚子餓得發慌，但又充滿好奇，看著工人們用炸藥準備炸開阻斷道路的巨大落石。只是每一個工人至少有五個工頭在指揮，他們東吼西叫，妨礙工作的進行，而工人們也不是多勤快。

我們爲了忘掉自己正在挨餓，下河裡游了個泳，但河水冰冷，無法久泡，而我們倆也都不是什麼耐寒的料。後來我們又靠著賺人熱淚的那一套，讓一個男的給了我們幾根玉米，另一人給我們一顆牛心及一些牛雜。

一位太太借了我們一只鍋子。但我們才準備要煮東西，工人們就打通了道路，卡車隊伍開始向前移動。那位太太收回了鍋子，我們只得把玉米生吃，沒煮的肉留著。禍不單行的是，一場暴雨使得道路變得泥濘不堪而危險萬分，天色又暗了。在另一頭大排長龍的卡車先通過，因爲打通的路只容單行，然後才輪到我們這一邊前進。我們排在長龍的相當前面，但最前頭的卡車打滑加速時施力過度，弄壞了差速齒輪，我們因此再次動彈不得。最後一輛車前有絞盤的吉普車從山上下來，把拋錨的卡車拖到路邊去，我們才得以通過。

卡車在夜裡奔馳，我們從多少有遮掩物的山谷走到冰冷刺骨的彭巴草原，冷雨直下，阿爾貝托和我縮成一團，牙齒抖得格格作響，還得不時把兩腳伸一伸，以免抽筋。我們餓得兩眼發昏，空虛的感覺從肚子遍布到全身，整個人也變得敏感暴躁。

我們在破曉時分抵達宛卡育（Huancayo），從卡車放我們下車的地方走了十五個街口才到民兵站。我們買了麵包，泡了馬黛茶，才把那包牛心及牛雜打開來，還沒來得及把火升起，就來了輛卡車，主動說要載我們一程到奧沙彭巴（Oxapampa）——我們想趕快到那裡，因爲我們在阿根廷一個朋友的母親住那兒，至少我們是這麼記得。我們本來希望去找她，待幾天時間祭一祭我們五臟廟，也許還能從她那兒獲得幾塊錢盤纏。結果我們連第二眼都沒多瞧就離開了宛卡育，被空肚子逼著再度上路。

這趟車程一開始還好，經過了幾個小村莊，但到晚上六點左右展開了一段危險的下坡路，而路面很窄，一次只容一輛車通過。這段路平常每天只容單向通行，但這天不知怎麼搞的，卡車司機們大呼小叫硬是要擦車而過，後輪有那麼一部分是在路面外的，而下頭是看似無底的深谷——實在不是令人心曠神怡的風景。阿爾貝托和我蹲在卡車後面兩個角落，隨時準備跳車，但和我們同行的幾個印第安人動也不動。但我們可不是杞人憂天，這一段山路有不少的缺口，都是比較不幸的卡車司機留下的遺跡。每一輛墜谷的卡車，都是連人帶車直下兩百公尺的深谷，谷底一條湍急的河流，摔進去了誰都別想活命。當地人說，掉下山谷的人，從來沒有人生還回來述說慘劇發生的經過。

還好我們沒有遭遇不測，在晚上十點抵達了一個叫梅西德的小村落。這裡位在低地熱帶地區，看來是很典型的叢林小村。又有位善心人讓我們留宿一晚，還讓我們飽餐一頓——吃的東西是最後才附送的，因爲善心男子來看我們是否安穩，而我們才剝了幾個摘來的橘子準備吃，來不及把橘子皮藏起來就被他看到。

我們去了民兵站才知道，卡車不必在這裡停車驗證，我們的心爲之一沈，因爲這麼一來要搭便車就難了。我們在那裡逗留時，聽到兩個人去報案說有人被殺害，來報案的人分別是死者的兒子及一個看起來虛假作態的黑白混血兒，自稱是死者的好朋友。案件發生在前幾天，情況頗爲離奇，他們懷疑兇嫌是個印第安人，兩人還把他的照片帶了來。當值士官把照片給我們看，說：「先生你們瞧，長得一副標準的殺人兇手模樣。」我們都點頭稱是，但出來後我問阿爾貝托：「兇手到底是誰？」結果他的想法和我一樣，都覺得那黑白混血兒更可能是兇手。

我們等便車等了好幾小時，其間交了一個朋友，此人說他可以把事情搞定，不花我們一毛錢。他跑去和一個卡車司機談，司機答應載我們幾人一程，但等到我們上車了，才發現他只是和司機討價還價，把司機通常要價的二十塊錢減爲十五。我們求情說我們已經身無分文，這話也跟實情相去不遠，這人就說錢由他來付。他果然說話算話，而抵達目的地後還招待我們到他家過了一夜。

道路雖然比前一段寬些，但還是很窄，不過沿路風景不錯，蜿蜒經過森林或熱帶果園，有香蕉、木瓜等。奧沙彭巴的海拔約一千公尺，一路上高低起伏，這是我們的目的地，也是公路的終點。

我們和那個前去報案的混血兒同車，有次停車休息時他買了東西請我們吃，跟我們大談咖啡、木瓜及黑奴的事，他祖父就是個黑奴。他對此並不忌諱，但口氣裡有一點對這事引以為恥的味道。不管怎樣，阿爾貝托和我最後排除了他涉嫌殺害朋友的可能。

希望破滅

第二天早上我們才得知，布宜諾斯艾利斯那位友人給的消息有誤，他母親早就不住在奧沙彭巴了，是他的一個姻親住在這裡，此人不得不收容我們這兩個累贅。我們受到熱烈的款待，吃了他們臨時準備的一頓飯，不過我們曉得，他們是出於秘魯傳統好客之風才這樣做。我們決定裝瘋賣傻，除非人家下逐客令才離開，因爲我們已經身無分文，而且餓了好幾天，只能棲身在這位不甚樂意接待我們的朋友家吃幾頓飽。

我們過了愉快的一天，在河裡無憂無慮游泳，吃得又多又好，還有美味的咖啡。只是天下無不散的延席，到第二天傍晚，我們這位當工程師的主人想到一個解決辦法：有位公路視察員答應讓我們搭便車到利馬。我們很高興，因爲這裡待下去也沒意思了，我們想到首都去試試運氣，於是便一口答應了。

那晚我們爬上一輛小貨車的後面上了路，在熬過一場把我們淋成落湯雞的大雨之後，我們半夜兩點被丟在聖拉蒙（San Ramón），還不到去利馬路途的一半。司機叫我們稍等，他要換輛車開，還把他的助手留下跟我們在一起，以免我們起疑。十分鐘後這助手說要去買菸，結果就此不見，留下我們這一對阿根廷聰明人，凌晨五點吃著早餐，咬牙切齒，明白了我們從頭到尾都被耍了。我希望那司機惡有惡報（我打從心底覺得怪，但他看起來那麼友善，我們對他深信不疑，就連他說要換車我們都信以爲眞）。

快破曉時我們碰到幾名酒客，我們就施展出我們精采的「周年」把戲，詳情如下：

一、大聲說話，讓人馬上從語調及口音就可以聽出我們是阿根廷人。下手對象問我們打哪兒來的，於是我們就有機會與他攀談起來。

二、我們講起我們辛酸的遭遇，但表現得輕描淡寫，眼睛都望著遠方說話。

三、接著我插嘴問說今天是幾月幾號，對方回答後，阿爾貝托歎口氣說：「多巧，剛好滿一年。」對方問什麼滿一年，我們回答說是我們踏上旅途滿一年。

四、阿爾貝托的臉皮比我厚得多，因此由他深深歎口氣，好像是只對著我說：「太丟臉了，我們這麼窮，想慶祝一下都沒辦法。」對方馬上說要幫我們出錢，我們裝作拒絕，說我們怎麼還他錢云云，但最後當然是接受了。

五、第一杯酒下肚後，我堅拒第二杯，阿爾貝托就拿話激我。請我們客的人開始不高興，堅持要我喝酒，但我還是不肯，也不說是什麼理由。對方一再追問，我才赧然說，在阿根廷我們習慣是要吃東西才喝酒。我們會看情況，能騙得多少東西吃就吃多少，而這個鬼點子從未失靈過。

我們在聖拉蒙重施故技，結果一如往常，賺來不少黃湯下肚，以及一些紮實的食物。我們整個早上躺在河邊，這裡風景很好，但我們沒什麼心情欣賞，腦子裡胡思亂想都是各式各樣的佳餚。附近一道圍籬的上方，垂掛著令人垂涎欲滴的渾圓橘子，於是我們摘了橘子來大快朵頤一番，但心情很沈重，因爲這一刻我們的胃脹滿了酸溜溜的果實，下一刻又要飢餓難耐。

我們實在餓得受不了，因此顧不得任何面子，直接找上當地的醫院。這次是阿爾貝托不知怎的不好意思起來，因此由我來發表下面這番「措辭委婉」的話：

「醫生，」我們對著在醫院碰到的一個醫生說；「我是醫學系學生，我朋友是學生化的。我們都從阿根廷來，我們肚子很餓，想吃點東西。」這可憐的醫生出其不意遭受這番正面攻擊，不知所措，到了他平常吃飯的餐館爲我們叫了餐飯。我們眞是厚臉皮。

我們連謝他一聲都沒有，因爲阿爾貝托覺得很丟臉。然後我們又開始找卡車，後來總算皇天不負苦心人。我們又朝利馬出發，這次我們舒舒服服坐在駕駛前座，而司機甚至不時買咖啡請我們喝。

這一段又爬上先前那種讓人心驚膽戰的狹仄山路，而每經過一個山路缺口，司機就與高采烈告訴我們當年出了什麼事。突然我們的車碰一聲壓到路上一個大坑洞，這是笨蛋都避得開的坑洞。我們覺得他是不是根本不會開車，但這說不過去，因爲在這樣危險的路，若不是經驗老到的駕駛，老早就栽下山崖了。阿爾貝托很有技巧地旁敲側擊，終於從他口中套出了答案。這人出過一次意外，使得他的眼力大受影響，所以才會看不到路上坑洞。我們說這對他自己很危險，對同行的人也一樣。這位司機先生不爲所動，他說這是他的工作，老闆付他很好的工資，而老闆關心的是他是否把貨送到，而不是他如何把貨送到。另外呢，他的駕駛執照可花了他不少錢，因爲他必須付錢打通關節。

卡車車主載著我們繼續向前行。他願意送我們到利馬去，只是當我們來到警察哨站時，坐前座的我得躲起來，因爲依規定運貨卡車不得搭載乘客。卡車車主也是個好人，到利馬一路上他都請我們吃東西。車子行經礦城歐洛亞（La Oroya）時，我們很想下去看看但未果，因爲車子沒有停。歐洛亞地處約海拔四千公尺，只要看它幾眼，就知道要在這礦城討生活有多艱苦。高聳的煙囪吐出濃密的黑煙，一切都覆蓋著一層煤灰，礦工的臉孔也都塗滿一層陳年煤垢，顯得灰樸而哀傷，放眼望去盡是單調的灰黑色，和灰澀的山區歲月互爲表裡。在天色暗下來之前，我們經過這段山路的最高點，海拔四千八百五十三公尺。雖然還是白天，仍然冷得令人發抖，我裏在旅行毛氈中，四下望著周圍景致，許多詩句就在口中吟著，轟隆隆的卡車引擎聲催人入眠。

那一晚我們在利馬城外過夜，第二天一早就進了城。

讓人失望的總督城

我們即將完成這趟旅程的一個重要階段，此時我們身無分文，短期內也沒什麼希望掙到錢，但我們很快樂。

利馬是個引人入勝的城市，過往的殖民歷史已經埋藏在新建房舍之後，至少比起庫斯科來是如此。人說利馬是個美麗的城市，這是言過其實，不過利馬有很不錯的近郊住宅區、寬廣的大道，沿岸還有許多很棒的度假地。利馬居民只要幾分鐘就能順著大馬路來到卡耀（Callao）港。這港口並不特別有趣（所有的港口好像都是一個模子造出來）,除了歷經多場戰役的那座碉堡以外。我們站在巨大的城牆邊,遙想當年柯全尼（Lord Cochrane）㉟率領南美洲水手一舉攻破這座反動堡壘,這是南美解放史上輝煌的一頁。

利馬最有看頭的所在,是城中心宏偉大教堂的四周。這座大教堂和庫斯科的教堂那種厚重堅實感完全不同,庫斯科是西班牙征服者無所忌憚炫耀他們功業的所在,利馬的藝術則比較有風格,幾乎帶有陰柔的氣息:教堂尖塔又細又高,可能是西班牙各殖民地教堂尖塔中最爲細長者。這裡不見庫斯科那種華麗的木頭雕工,改採黃金打造;相較於古印加城裡那種陰森而令人卻步的洞窟般的教堂,利馬的教堂正廳明亮而透風,牆上的畫作也是色調亮麗,近乎活潑,出自較後期的流派所繪,不像早年的隱士混血族裔所做的聖徒畫像把他們描繪得陰森而憤怒。教堂的正面及祭壇金碧輝煌,充份展現出西班牙巴洛克藝術的特色。也正由於此地貴族階級的雄厚財富,才使他們得以抵抗美洲大軍的解放力量到最後一刻。利馬代表的是尚未從封建殖民中脫身的祕魯,還在等待一場眞正解放的鮮血洗禮。

這個貴族氣息城市中最吸引我們喜歡的一角,是考古及人類學博物館,我們常到這裡來重溫我們對馬丘皮丘的記憶。此館是由純印第安血統的學者胡立歐・泰耀（Julio Tello）所創立，館內有許多珍貴難得的收藏品，展現了整個文化的深度和廣度。

利馬和科多巴並不很像，但都有同樣的殖民氣息——或者該說是內陸城市的那種風貌。我們去領事館領取信件，讀完信之後想要碰運氣，就去對外辦事處找一個職員搭話，結果當然他冷淡以對。我們從一個警察局晃到另一個警察局試，其中一處給了我們一盤米飯。下午我們去找派賽醫師，就是那個痲瘋病專家，名聲遠播的他，卻出乎意料的十分友善。他爲我們在一家痲瘋病院找到睡覺地方，還邀我們晚上到他家吃飯。我們發現和他交談十分愉快，很晚才和他道別。

第二天我們起得晚，用過了早餐。我們的吃飯沒有著落，所以決定去卡耀看看港口。由於這天是五月一日節日，沒有公車可坐，我們只得走完十四公里的路程，好不辛苦。卡耀沒什麼特別值得看的，連一艘阿根廷的船都沒有。我們臉皮變厚，向一個軍營要來一些吃的，然後又一路走回利馬，再度到派賽醫師家吃飯。他對我們暢談不同種類痲瘋病的許多故事。

次日早晨我們前往考古人類學博物館，這裡很棒，但我們時間不多。下午我們由莫林納醫師帶領，去參觀了痲瘋病院㊱，莫林納除了是痲瘋病學者，顯然還是知名的胸腔外科醫生。之後又到派賽醫師家吃晚飯。

星期六整個早上都浪費在市中心，因爲我們想要兌換五十瑞典克朗，在爭辯了老半天之後才成功。下午我們在實驗室度過，這實驗室無甚可觀，事實上有待加強，不過藏書參考資料倒是編排整理得十分清楚，而且蒐羅齊全。我們後來當然又到派賽家吃晚飯，同樣聊得非常起勁。

星期天對我們來說是大日子。我們生平第一次看鬥牛，雖然這是場所謂的 novillada，上場的是較次級的牛隻及鬥牛士，但我們還是很興奮，興奮到我早上在圖書館讀泰耀的一本著作時都難以集中精神。我們在鬥牛開始不久後抵達，就座時，一名新手鬥牛士正在把牛了結，但不是用正常的方式，結果牛隻痛苦不堪在地上翻滾了約十分鐘，鬥牛士急著了斷，觀眾的噓聲不斷。第三頭公牛出場，在眾人驚叫聲中用角頂中了鬥牛士，把他拋在空中，全場一片騷動，但也就如此而已。到了第六頭牛慘死，節目就結束了。我不認爲這其中有任何藝術可言；勇氣，是有一些；技巧，不怎麼樣:,刺激,還好。總括一句話,就看你星期天有沒有別的事可做。

星期一早上我們又去博物館,傍晚前往派賽醫師家中。那一晚我們遇到一位巴連沙醫師,他是精神病學教授,也很健談,講了許多戰時故事及其他軼事。他說:「那天我上電影院,去看一部墨西哥著名諧星康丁法拉斯(Cantinflas)的片子。看的人都在笑,但我什麼也看不懂。這沒什麼,其他人還不是一樣,看懂個屁。所以他們爲什麼笑?他們其實在笑自己,他們都在笑自己的某方面。我們的國家很年輕,沒有傳統、沒有教育,才發現沒有多久。所以他們是在笑我們這襁褓文明的種種貧乏……那麼,北美洲長大了嗎?它雖然有摩天高樓、汽車及種種奢華,但它成熟了嗎?沒有。南北美只是在表面上不同,但在根本上,兩者沒有差別,整個美洲大同小異。我去看康丁法拉斯,卻搞懂了泛美洲主義!」

星期二又去博物館,不過下午三點我們去看派賽醫師,他給了阿爾貝托一套白西裝,給我一件白色上衣,大家都說我們看起來比較人模人樣了。這天其餘時間都沒有重要的事。

過了好幾天,我們覺得應該要上路了,只是還不知道什麼時候。我們兩天前就該離開的，不過載我們來的卡車仍在這裡。這幾天過得不錯，在增廣見聞方面，我們去了不少博物館及圖書館，其中真正有用的是泰耀博士的考古人類學博物館。在科學方面，也就是痲瘋病方面，我們見到了派賽醫師，其他人都只是他的學生，還很有得學習。秘魯沒有生化學家，因此實驗室方面都是專科醫生在做，阿爾貝托找了一些人談，讓他們與布宜諾斯艾利斯那邊的同行聯繫。他和頭兩人相談甚歡，但第三個人……嗯，阿爾貝托自我介紹說是格拉納多醫師、痲瘋病專家，對方以為他來找事做，所以他想見的這人一出來就說：「不用，我們這裡沒有生化學家，法律規定醫生不能開藥局，所以我們也不讓藥師插手他們不懂的東西。」阿爾貝托正想發作，我用手肘推了推他，他才忍住了。

雖然說起來沒什麼，不過我們在利馬最刻骨銘心的一件事，是醫院病患的送別。他們出錢湊了共一百塊半的祕魯索勒，連同一封措辭洋洋灑灑的信，當面贈交給我們。後來又有些病患親自跑來，有的眼裡還噙著淚，對我們深表感謝，謝謝我們前來和他們在一起，接受他們的禮物、一起坐著聽電台足球轉播。如果有什麼原因促使我們認真投入痲瘋病的醫療，那必然是我們走到哪裡都接受到的痲瘋病患的熱切款待。

利馬長期以來都是總督府所在地，但不夠名副其實，雖然它的郊區住宅區相當怡人，新的街道也舒服寬敞。有意思的是，哥倫比亞大使館四周的戒備森嚴，至少有五十名制服及便衣員警恆常在那整個街區站崗。

我們離開利馬的第一天，沒什麼特別的事。我們到歐洛亞前一路看風景，但剩下的路程是夜行，天明時來到了帕斯可山（Cerro de Pasco）。我們和貝塞拉一家兄弟同行，人們叫他們康巴拉恰（Cambalache，舊貨商之意），簡稱康巴。他們都是好人，特別是大哥。我們開了一整天車，來到地勢低的溫暖地帶，我從地勢最高、海拔四八五三公尺的提克利歐（Ticlio）以後就有的頭痛及暈車逐漸減輕。我們過了黃努科不久、快要到丁戈馬利亞時，左前車軸突然斷裂，還好車輪卡在擋泥板，我們才沒有翻車。我們只能在原地過夜，我想給自己打一針，但不幸注射筒也壞了。

第二天很無趣，我的氣喘又發作，不過傍晚我和阿爾貝托運氣來了，他以憂鬱的語氣不經意提到，我倆踏上旅程剛好過了半年——這句話是喝酒時間就要登場的信號。喝到第三瓶時，阿爾貝托蹣跚站起身來，把他手上抓的一隻小猴子放走，離開了酒桌。康巴裡的小弟又撐了一瓶半，然後當場醉倒。

隔天，我們在店主醒來前趕忙離開，因爲我們沒有付酒帳，康巴兄弟們因爲換車軸也沒錢了。我們開了一整天，最後不得不停下來，因爲下起了大雨，軍方爲了安全而設路障封閉道路。

次日再上路，但又碰到路障。軍方一直到日已西斜才讓大隊車輛通行，但到了涅斯庫亞城，道路又封閉，我們就在此歇腳。

第二天路仍然不通，所以我們去軍營要些東西吃。我們下午上路，車上載了個受傷的士兵，軍方說這可以讓我們通過路障無阻。果然，走了不遠，其他卡車被迫停下，但我們順利過關，在天黑後抵達普卡帕（Pucallpa）。康巴小弟請我們吃了一頓，並叫了四瓶葡萄酒爲我們送別，醇酒下肚，他離情依依，說和我們永結同心。他最後爲我們付了旅館房間錢。

現在的問題是如何前往伊基多（Iquitos），爲此我們使出了渾身解數。我們的第一個目標是市長，他姓柯恩，人家說他是猶太人，是好的那種；他是小氣，但還不知道他是不是好人。他打發我們到船務公司去，船務公司又打發我們去找船長，船長待我們不錯，同意給我們一項大優待，坐頭等艙只要三等艙的錢。我們不夠滿意，於是跑去找駐軍指揮官，結果他說愛莫能助。他的副官兇巴巴，把自己的愚蠢暴露無遺，但最後同意幫我們想辦法。

當天下午我們在烏卡雅利河（Ucayali）游泳，這河看來很像上巴拉那河。我們碰到了那位副官，他說他有個大好的機會給我們：船長看在他的面子上，願意讓我們付三等艙的錢坐頭等艙。呵，眞了不起。

在我們游泳的河裡，有一對形狀奇怪的大魚，當地人叫牠們「布菲歐」（bufeo）。人們說這種魚會吃男人、強暴女人，做過種種光怪陸離的事。這顯然是種河豚，牠奇怪的地方包括有一副像女陰一樣的生殖器，所以印第安人拿牠們當替代品，只是完事之後必須宰了牠，因爲牠生殖器會收縮，讓陰莖抽不出來。晚上我們不得不再去當地醫院一趟，向我們的同行討個地方睡。不用多說，他們當然對我們很冷淡，要不是我們平靜以對，逆來順受，終於打動他們，肯定會被請出大門。最後我們有了兩個床位，讓我們疲憊的骨頭得以歇息。

討厭的蚊子

我們背上背包，看來像是專家，在「西尼帕號」（La Cenepa）啓航前及時登了船。船長言而有信，讓我們住進頭等艙，與那些有錢有辦法的乘客同到。輪船在幾聲警告砲響後，從岸邊起錨，我們就展開了前往聖帕伯羅（San Pablo）的第二階段旅程。普卡帕的房舍從視野消失，唯見一片蓊鬱叢林，旅客離了欄杆邊，轉而聚集在牌桌上。我們下場玩很緊張，但是阿爾貝托如有神助，從「二十一點」牌戲中贏了九十塊錢，這種牌戲和我們的「七點半」有點像。阿爾貝托贏牌，讓其他賭客不太是滋味，因爲他下場時只有一塊錢賭本。

第一天我們沒有太多機會和其他乘客認識，就兩人聊一聊，沒有加入眾人的談話。吃的東西很差，量也不多。船在晚上停駛，因爲河川水位太低。船上有少少幾隻蚊子，人家跟我們說這現象很反常，我們不太相信，因爲我們看多聽多了人們總是誇大他們吃的苦頭。

第二天一早再度啓航。一天平靜無事，不過我們認識了一個女孩，她有點輕浮，而且大概以爲我們囊中頗有幾文錢，雖然我們只要一提到錢就掉淚。傍晚船在岸邊拋錨停泊，蚊子們似乎想要證明它們的確存在，入夜後成群結隊發動攻擊。阿爾貝托裹在睡袋裡，臉上罩著布，總算掙到一些睡眠，但我覺得氣喘好像又要發作，加上蚊子騷擾不停，所以直到凌晨才闔眼。我對那晚的記憶已經變淡，不過仍然記得我屁股因爲被叮得太多而腫脹不堪的那種感覺。

一整天我走到哪兒都打瞌睡，並在借來的吊床上補眠。我的氣喘不見好轉，所以我只好採取非常措施，用最正常的方式，也就是付錢，弄來了一劑治氣喘的藥。果然好很多。我們望著河岸外的誘人叢林，看它綠得那麼神祕，如在夢中。氣喘和蚊子把我整得有些委頓，然而處女林對我儕有著如此魅力，健康的問題及大自然的嚇阻力更只讓我的嚮往益加熱切。

日子單調乏味。唯一的娛樂是賭博，但我們阮囊羞澀，無法盡興。兩天無事。平常這趟旅程只要四天，但由於河川水位低，船每晚都得停下來，這不僅拖長了時間，也讓我們成爲蚊子的祭品。頭等艙的食物好一些，蚊子也較少，但我不認爲我們賺到了——我們和樸直的水手相處比和中產階級打交道自在得多。中產階級的人不管錢多錢少，都謹記早年奮鬥生涯，對我們這兩個窮光蛋旅人連正眼都懶得看。他們愚昧無知，但微不足道的成就便使他們得意忘形，遇任何事皆大發議論，陳腔濫調，卻還自以爲是。我的氣喘更嚴重了，雖然我嚴格遵守著飲食規定。

那輕浮女子同情我的病況，順手給了我輕輕的愛撫，這觸動了我蟄伏的、踏上征程之前的記憶。當晚蚊子仍讓我難以成眠，我想起齊琴娜，她現在是個遙遠的夢，一個甜蜜的夢，雖然已成過去，卻頗不尋常地在我記憶中留下的甜美多於苦澀。我遙遙爲她送上一個輕緩平靜的吻，一個懂她的老朋友的吻；接著我的回憶轉到瑪拉凱，想起幾個夜晚與她在廳中起舞，現在她大概正在某個追求者耳邊低訴她那奇異而溫軟的話語。我仰望無垠星空愉悅地對我眨著眼，彷彿在回答我內心深處生起的問題：「我這樣值得嗎？」值得！

又過了兩天，沒什麼新鮮事。烏卡雅利河和馬拉尼翁河（Marañon）的匯流處，雖然形成了全球最豐沛有力的一條河川，但無啥值得大驚小怪，不過就是兩條泥濁河水會合爲一，河面變得較寬，可能也變得較深，但也僅此而已。我身邊已無腎上腺素，氣喘變更嚴重；我只吃了一小口飯，喝了些馬黛茶。最後一天，就快抵達目的地時，強烈暴風雨來襲，不得不停船。蚊子群湧而上，比前幾天更可怕，彷彿是要趁最後機會大快朵頤。這真是漫漫長夜，到處是此起彼落的拍打聲及不耐的尖叫，藉著打牌麻痹感官，大家有一搭沒一搭談話，好讓時間快點過去。第二天早上大家忙著準備下船，有張吊床空了下來，我就躺了下來。我像是中了邪，彷彿體內一個彈簧鬆開了，一下讓我旋入天際，一下讓我直落深淵，再也搞不清楚……。阿爾貝托猛然把我搖醒，說：「夥伴，我們到了。」河面變得開闊，我們看到前面一個低平的城鎮，幾棟比較高的建築，四周是叢林及紅土地。

抵達伊基多這天是星期天，我們早早就在碼頭靠岸，一下岸便直接去找國際合作服務（International Cooperation Service）的主事者，因爲人家介紹我們去找的恰維斯・帕斯托醫師（Dr. Chavez Pastor）不在伊基多。他們對我們還算不錯，讓我們在黃熱病房區下榻，並在醫院用餐。我仍然咻咻喘個不停，即使一天打了四次腎上腺素也沒有好轉。

第二天，我整天躺在床上，以腎上腺素度日。

接下來這天，我決定早上嚴格限制飲食，晚上稍稍放寬一點，米飯都不碰。我好了一點，但不明顯。那一晚我們去看了英格麗・褒曼（Ingrid Bergman）演的《火山邊緣之戀》（*Stromboli*），導演是羅塞里尼（Rossellini）。評語只有一個字：爛。

星期三是大日子，我們得知隔天就要上路，高興極了，因爲我被氣喘困得動彈不得，好幾天只能在床上度過。

第二天我們心情上準備出發了，但一整天過去卻沒有拔錨，船班航延到了次日下午啓程。

我們滿心以爲，以船公司的惰性，表示我們只會更晚而不會提早出發，因此我們隔天睡到很晚，散完步後去了圖書館——結果一名隨從氣急敗壞衝進來通知，「西斯尼號」（El Cisne）十一點半開船，而當時已經十一點五分。我們手忙腳亂收拾了東西，而因爲我有氣喘，只得招了計程車。八個街口的距離，司機榨了我們半個秘魯鎊。我們趕到船邊後才得知，要等到三點才開船，不過我們一點鐘就得登船。因此我們不敢跑回醫院吃午餐，再說我們還是別回去的好，因爲這樣我們可以順理成章「忘記」他們借我的針筒。我們和雅加族（Yagua）一名印第安人吃了又貴又難吃的一餐，他穿了著件紅草裙，掛著草編項鍊，名叫班傑明，但他能說的西班牙話不多。他在肩胛骨上有個傷痕，是近距離槍擊所造成的，他把西班牙語及葡萄牙語混在一起，說這是人家找他 vinganza（復仇）所致。

晚上，成群結隊的蚊子爭相叮食我們年輕的血肉。這趟旅程中我們得知，你可以從瑪瑙斯沿著河前往委內瑞拉，這在我們心理上是重要的一刻。第二天平靜過去，我們昏昏沈沈一直打瞌睡，補足被蚊子奪走的睡眠。深夜大約一點，我才入睡就被喚醒，說已經抵達聖帕伯羅。他們叫我去找布瑞西安尼醫師（Dr. Bresciani）。這位痲瘋病院的醫學主管熱切相迎，給我們一個房間過夜。

給父親的信

伊基多，一九五二年六月四日

寬廣的流域都已經有人居。若想找野蠻部落，得順著支流深入內地，但這次我們不打算這麼做。傳染病已經絕跡，不過我們還是打了傷寒和黃熱病的疫苗，並且備有充分的瘧疾藥和奎寧。

叢林裡吃得到的食物，營養不平均，因此導致新陳代謝失調並致病的人很多，不過只有一個禮拜都沒有吸收維生素才會導致嚴重疾病。如果我們走水路，最多只有一個禮拜吃不到適當食物。我們還沒有決定，也在考慮要不要搭飛機到波哥大，或至少到里奇沙摩（Leguisamo），這裡以後的路就好走得多。我們並不是害怕旅途危險，而是爲了省錢，這對我接下來會有用。

除了幾家醫學研究中心之外，各地痳瘋病院的人員都把我們的旅程當作一件大事，他們對我們禮遇有加，像是在招待兩名訪問學者。我對痳瘋病產生很大興趣，不過這興趣會維持多久我不知道。利馬醫院的病患的依依餞別，讓我們可以勇敢繼續未竟的旅程，他們送我們一個手提汽油爐，還湊了一百塊錢給我們，這以他們的處境來說是筆大錢，有好幾個人說再見時還淚光閃動。他們覺得受用的是，我們並未穿罩衫或戴手套，而是像對待正常人一樣與他們握手，跟他們一起坐下來聊天，還跟他們玩足球。這聽來也許像是逞英雄，但這樣做對這些可憐的人有莫大的心理助益，他們通常被當作畜牲對待，如今我們視他們如常人，而危險性其實非常低。目前爲止被感染的工作人員是中南半島來的一個看護，他是和病人住在一起；還有一個狂熱的修士，我不敢打包票說他不會出事。

聖帕伯羅痲瘋病人村

第二天星期天，我們起早準備去病人村參觀，但由於必須乘船，但這天是休假，所以無法成行。我們便拜訪了管理病院的修女，也就是那位深具男性氣質的艾貝妲修女，然後去踢了一場足球，但我們表現很差。我的氣喘開始好轉了。

星期一，我們把衣物送洗，之後前往病人村參觀。六百個病患住在典型的叢林小屋中，遺世獨立，眾人相當自由，做著自己的工作，自成一個極具特色的組織，有一名地方官員、一名法官、一名警察。布瑞西安尼醫師極受敬重，顯然在整個聚落是靈魂人物，在各個小團體之間折衝斡旋，又讓其保有各自特色。

我們星期二又去了病人村，這次是隨同布瑞西安尼醫師巡察，他要檢查病人們的神經系統。他正在進行一項詳盡的研究，根據四百個病例來研究不同種類神經因素的痲瘋病。這很有意思，因爲這地區多數痲瘋病例都是侵犯了神經系統的例子。事實上呢，我看到的病患都有神經系統的癥狀。布瑞西安尼醫師說，蘇沙・利馬醫師（Dr. Souza Lima）很關注病人村中孩童的初期神經系統。

我們參觀了病人村中爲大約七十名健康的人保留的區域。這裡欠缺基本的設施，沒有二十四小時電力、冰箱或實驗室，不過聽說一年內會陸續安裝或配置這些設施。他們還欠缺一部顯微鏡、超薄切片裝置及實驗室技術員，目前是由瑪嘉瑞塔修女充任技術員，她人很好，但專門知識不足。他們還需要一名能動神經系統和眼部手術的外科醫師。值得注意的是，雖然病人們神經系統嚴重受損，但很少人眼睛瞎掉，這也許是〔……〕和這有關的明證，因爲多數人根本沒有接受治療。

星期三我們又去巡察，另外還釣了魚、游了泳。晚上我和布瑞西安尼醫師下棋聊天。牙醫師艾法洛（Dr. Alfaro）是個好人，隨和又友善。

星期四是病人村的休假日，所以我們這天沒過去。我們下午踢足球，我當守門員還不賴。早上我們釣魚，但一無所獲。

星期五我又去病人村，阿爾貝托則留下來和可愛的瑪嘉瑞塔修女做桿菌顯微切片。我捉到兩條當地人叫莫塔（mota）的魚，把其中一條給了蒙托亞醫師（Dr. Montoya）。

聖格瓦拉節

一九五二年六月十四日星期六，我這個年輕小伙子年滿二十四歲，即將度過四分之一世紀、生命的銀婚，而總括來說生命對我不算太差。一早我去河邊再次試試釣魚的手氣，只是這就和賭博一樣，一開始小贏，後來卻是大輸。下午我們踢足球，我還是守門，這次表現比前幾次更好。晚上去布瑞西安尼醫師家用了美味可口的盛宴，之後在病人村的膳堂爲我們舉行了歡迎會，秘魯的全民飲料比斯可酒（pisco）在派對上杯觥交錯。這種酒對中樞神經系統會造成什麼影響，阿爾貝托很有研究。

大家都酒酣耳熱了，病人村的主任舉杯發表了一番感人的祝詞，我也帶著相當的酒意說了大意如下的這番話：

對於布瑞西安尼醫師的祝詞，我有必要說幾句話，而這不只是場面話。以我們目前的窘迫處境，我們只能以幾句話聊表心意，但我要用言語來表達我和朋友的衷心感謝，感謝病人村的全體人員，你們本來不認識我們，卻如此熱烈爲我慶生，把我當成你們的一份子。我還想說，再過幾天我們就要離開秘魯，所以我所說的話也算是餞別，我要強調我對這個國家所有人民的感謝之意，自從我們在塔克納踏上秘魯土地以來，祕魯民眾一次又一次表現出他們的好客之風。

我還想再說一件和祝詞無關的事。我們是小人物，本無立場說起這些大話，但我們相信，把美洲劃分爲幾個不穩定的而且本不存在的國家，是一大虛妄，而我們的旅途更增強了我們這個信念。我們是一個混血的族群，擁有太多種族上的共同點，從墨西哥到麥哲倫海峽。因此，爲了打破我褊狹的地域主義，我舉杯爲秘魯及團結的拉丁美洲祝賀。

我這番話贏得熱烈喝采。這場以盡量酒氣爲目的的慶生會，狂歡到凌晨三點才散場。

星期天早上我們去拜訪一個雅加部落，就是穿紅草裙的那一族印第安人。我們順著一條小路走了半小時，來到一處小木屋聚落，這一路並不像人們說的那樣是走在幽深的叢林裡。他們的生活方式頗有意思，白天以幾塊木板底下的範圍爲家，另有一小間隱蔽的草屋，作爲晚上睡覺用，以避開整隊攻擊的蚊子。婦女們已經不穿傳統服飾，改穿一般衣服，因此沒有機會欣賞她們的奶瓶㊲。孩子們面黃肌瘦、肚子圓鼓鼓的，不過老人家並沒有缺乏維生素的跡象，和其他住在叢林裡的比較文明的人不一樣。他們的主食是絲蘭、香蕉、棕櫚果以及用來福槍獵來的野味。他們都有著一口爛牙。他們說土話，不過有人懂西班牙話。下午我們踢足球，我表現又好一點，不過他們趁我不備攻進了一球。那一晚阿爾貝托叫醒我，因爲他肚子劇痛，然後說他痛的是右邊回腸部位；我累死了，沒力氣關心別人的痛，所以我叫他忍一忍就又翻過身，蒙頭大睡到早上。

星期一是他們在病人村發放藥物的日子。阿爾貝托得到他心儀的瑪嘉瑞塔修女悉心照料，每四個鐘頭就虔誠施用一次盤尼西林。布瑞西安尼醫師說，他在等一艘載有牲口的木筏到來，我們也可以拿些鐵箍及木板做一艘自己的小筏。我們覺得這是個好點子，馬上開始盤算著可以去瑪瑙斯（Manaus）等等地方。我一隻腳發炎，因此下午沒去踢足球，和布瑞西安尼醫師天南地北聊起來，很晚才睡。

星期二早上，阿爾貝托已經恢復過來，所以我們前往病人村，蒙托亞醫師在那兒動手術，治療痲瘋病神經系統毛病，結果似乎甚佳，雖然手術方式本身頗有改進空間。下午我們去附近一個小湖釣魚，結果空手而還。回程我決定要游過亞馬遜河，這花了我大約兩個小時，急壞了蒙托亞醫師，因爲他不想耽誤那麼久。這晚開了個愜意的小聚會，但以打架收場，禍首是貝特朗（Lezama Beltran）先生，這人內向又幼稚，甚至可以說是病態。這可憐的傢伙喝多了，開始興師問罪，只因他沒有獲邀參加聚會就破口大罵，直到有人一拳打得他鼻青臉腫，然後狠狠挨了一頓揍。這事件讓我們很遺憾，因爲這可憐的傢伙雖然無趣，又是個同性戀，但他對我們很好，還給我們每人十塊錢，讓我們的財富累積：我四七九元、阿爾貝托一六三・五元。

星期三一早就下雨，所以我們沒去病人村，一天也浪費掉了。我讀了加西亞・

羅卡（Garcia Lorca）㊳的詩，晚上看人家用繩索把木筏繫在碼頭。

星期四是醫護人員的休假日，早上我們和蒙托亞醫師到河對岸去採買糧食。我們順著亞馬遜河的一條支流而下，買了木瓜、絲蘭、玉米、魚、甘蔗，都很便宜，我們又釣了一會兒魚。蒙托亞釣到一條好魚，我也有條魚上鉤。回程颳起一陣強風，河水波濤洶湧，浪打進獨木舟來，讓擔任船長的艾瓦瑞斯（Roger Alvarez）嚇得面無人色。我自告奮勇要掌舵，但他不肯，我們只好停岸邊，等河面平靜下來。我們一直等到下午三點才回到家。我們把魚煮了吃，但還是覺得餓。艾瓦瑞斯給我們每人一件襯衫，還給我一條褲子，讓我的心情好很多。

木筏已經準備就緒，還差槳。當天晚上病人村一群病人特地前來，爲我們獻樂道別，一名雙眼失明的男子唱著當地歌謠。樂隊裡有一個吹長笛、一個彈吉他，以及一個奏小手風琴的，手指幾乎都沒了。病人以外另有一名薩克斯風手、一名吉他手及敲擊樂手助陣。音樂之後是演說，四名病人輪流致詞，他們努力想把話講好，卻有些拙劣不自在，其中一人一時語塞，情急之下高喊：「爲兩位醫師歡呼三聲」。阿爾貝托情感洋溢地感謝他們的盛情，他說秘魯的自然之美，比起這一刻的情感之美，只有相形失色，他眞是深爲感動，不知該說些什麼好，只好這麼說（這時他把雙臂張開，做出裴隆式的手勢及聲調）：「大大感謝你們所有的人。」

病人們乘船回去，船離岸漸遠，歌聲悠揚，燈籠的微弱光芒讓這些人散發出鬼魅般的氣息。我們去布瑞西安尼醫師家喝了兩杯、聊了一會，之後就寢。

星期五是我們離開的日子，所以我們去和病人們道別，拍了幾張照片，拿了兩顆漂亮的鳳梨回來，這是蒙托亞醫師送的禮物。我們洗了澡、吃過飯，三點鐘開始道別。三點半，取名爲「曼波探戈」（Mambo-Tango）的木筏啓航，順流而下，載著我們兩個。布瑞西安尼醫師、艾法洛以及爲我們造筏的夏維斯，也同行了一段；他們送我們到河心，之後我們就自求多福了。

我們的小木筏

兩、三隻蚊子還不致於擾我清夢，所以幾分鐘後我便沈沈入睡，只是好景不常，不久阿爾貝托的聲音就把我從甜美夢鄉中喚醒。河的左岸出現城鎮的微光，看來必定是列提西亞（Leticia），我們於是奮力把木筏划向光亮處。這時倒楣的事來了：我們的寶貝堅決不肯向岸邊移動，一心只想順流而下。我們使出吃奶力氣划，但每當我們好像就要成功了，木筏就向右打個轉，又回到河中心。我們只能氣急敗壞看著光亮處漸漸消失在背後，而我們累壞了，因此決定至少要打贏蚊子這一仗，一覺睡到早上再說。

我們的處境不樂觀，如果我們繼續朝下游去，下一個城鎮是瑪瑙斯，而根據還算可靠的消息來源，這需要十天時間，而我們前一天意外失去了所有的魚鉤，存糧又很少，加上我們不是想靠岸就能靠岸，再說，我們屆時將是無證明文件進入巴西境內，而我們不懂葡萄牙文……這些煩心的事，很快就隨我們的昏然入睡而從腦中消失。我被太陽照醒，從蚊帳爬出去，瞧一瞧四下。我們的小木筏壞透了，竟然靠在河的右岸，靜靜等在一處小碼頭似的地方，此地屬於鄰近一棟房舍所有。我決定稍晚探勘地形，因爲蚊子正在行動，叮個不亦樂乎。阿爾貝托睡得像根木頭，我覺得我應該效法他。一陣疲累感及莫名的昏沈襲上我整個人。我覺得我此時做不出任何決定，反正，船到橋頭自然直。

在波哥大寫的信

一九五二年七月六日

母親大人：

是我。我現在距離委內瑞拉又近了幾公里，身上又少了幾披索。首先讓我說聲必不可少的生日快樂，我希望您跟往常一樣，與家人愉快共度了這一天。接下來我要有條有理向您簡單報告我離開伊基多之後的冒險歷程。

我們差不多是按計畫出發的，花了兩個晚上和忠心追隨我們的蚊子一起，在凌晨抵達聖帕伯羅病人村，他們給了我們住的地方。這裡的醫學主管是很好的人，和我們一見如故，而大致來說，我們和整個聚落的人都處得很好，除了那幾個問我們為什麼從來不去望彌撒的修女。我們後來才知道，這地方是由這些修女在管理，不望彌撒的人會得到較少的配額（我們則完全沒有份兒，不過有孩子伸出援手，每天為我們帶來吃的）。除了這一場小冷戰之外，我們過得非常愜意。十四日他們為我開了慶生會，席上比斯可酒一杯一杯乾，這酒會讓你醉得很開心。醫學主管舉杯祝賀，我也趁著幾分酒意，發表了一番泛美洲主義的演說，獲得在場佳賓及酒仙們的熱烈喝采。

我們比預計的時間多留了幾天，最後才出發去哥倫比亞。出發前一晚，一些病人坐一條大獨木舟從病人區前來，在碼頭為我們奏樂道別，還輪流說了些很感人的話。阿爾貝托似乎以裴隆的接班人自命，做了一番慷慨激昂的演說，讓我們的送別群衆哈哈大笑。這是我們旅程中難忘的一幕。一個拉手風琴的右手都沒手指，用綁在他手腕上的幾根小棒子奏樂，主唱是個瞎子，其他病人幾乎也都殘缺不全，這是這一帶常見的神經系統型痲瘋病所致。燈火及燈籠的光倒映在河面，看來彷彿是恐怖片場景。這地方風景優美，四周爲叢林環抱，土著部族就在不到一英哩外，我們當然去瞧了。這裡到處可以釣到魚、獵到野味，有無窮的開發潛力，這些都讓我們夢想著要順河穿越巴西的馬托格洛索州（Mato Grosso），從巴拉圭到亞馬遜去，一路行醫遊方，這就像夢想著有朝一日成家立業，有朝一日……我們坐著他們特地打造的豪華木筏順流而下，覺得自己是不折不扣的探險家。第一天順利過去，但晚上我們沒有守夜，兩人都舒舒服服窩在他們給的蚊帳裡面睡大覺，早上醒來才發現我們在河岸擱淺了。

我們大吃特吃。第二天愉快地過去，我們決定每人輪流守望一小時，以免再出問題，因爲傍晚時河流把我們沖到岸邊，木筏差點被半浸在水裡的樹枝掀翻。我守望時被記點一次，因爲我們帶上木筏的雞裡有一隻落到水裡，馬上被沖走。我在聖帕伯羅時曾經游過整條河，但這次我不敢跳河去救，一部分原因是我們有時會見到鱷魚浮出水面，另外則是因爲我一直都沒能眞正擺脫我晚上對水的恐懼。要是妳的話就不成問題，安娜．瑪麗亞也是，因爲妳們不像我晚上會莫名其妙怕水。

我們釣起一條好大的魚，花了好大功夫才把它拖上木筏。我們守夜到凌晨，然後把木筏靠岸，繫住，兩人爬進蚊帳，因爲蚊子實在鬧得兇。

睡了個好覺醒來，喜歡吃魚甚於吃雞的阿爾貝托發現，我們那兩根釣鉤在晚上不見了。他心情甚差，而由於附近有棟房子，我們決定去問一問，到列提西亞還有多遠。屋主用一口葡萄牙話告訴我們，列提西亞在上游七個小時的路程，我們現在人已經在巴西。我們倆開始爲了是誰守夜時打瞌睡而吵起來，但事已至此，又能如何。我們把那條大魚及一個重約四公斤的鳳梨給了屋主，鳳梨是痲瘋病人給我們的，在屋主家裡過了一夜，然後他帶我們回上游去。這趟回程也很快，但是很累，因爲我們得在獨木舟中努力划至少七小時，我們很不習慣。

我們在列提西亞受到不錯的款待，他們在警察局供我們食宿，不過我們的飛機票最多只能打五折，只好乖乖交出一百三十哥倫比亞披索，另外行李超重還要給十五披索，因此總共付了一千五百阿根廷披索。還好，由於飛機兩星期才有一班，我們等飛機期間，有人找我們去訓練一支足球隊。一開始我們只是想訓練他們不要出醜，但他們實在不行，我們只好自己下場，結果大放異采，這隊本來被認爲是最弱的隊伍，改頭換面，打進了最後一天的冠軍賽，到決賽才輸在罰球而被刷下來。阿爾貝托如有神助，傳球神準，有點像培德尼拉㊴，事實上人家給他取了個小培德尼拉的封號，而我也救了一記會在列提西亞史上留下記錄的罰球。慶功活動只有一點小遺憾，就是最後他們奏起哥倫比亞國歌，唱到一半我彎身拭去膝蓋上的血跡，結果有個老大爺反應激烈，對我破口大罵。我正要回罵，但想到我們的旅程便忍下了這口氣。我們坐著搖雞尾酒似的飛機，抵達了波哥大。阿爾貝托在飛機上和其他乘客聊天，說我們某次去巴黎參加一場痲瘋病國際會議，飛機的四個引擎裡有三個失靈，差點沒掉進大西洋，最後他說：「這些道格拉斯飛機呀，實在是……」他形容得有聲有色，連我都嚇到了。

我們覺得好像環遊世界了兩趟。在波哥大的第一天相當不錯，我們在大學校園有得吃，但沒有地方住，因爲校園住滿了拿公費來參加聯合國所辦課程的學生。這裡面當然沒有阿根廷學生。午夜一點過後，我們終於在醫院找到歇脚處，但只是張椅子讓你靠著。我們並不是窮到身無分文，但我們是這麼要得的探險家，打死也不能付錢去住那中產階級享受的青年旅館。這之後，痲瘋病單位收留了我們，不過他們一開始有點懷疑，因爲我們從秘魯帶來的介紹信雖然極力推薦我們，但簽名處寫著「和魯斯陶㊵站同樣位置的派賽醫師」。阿爾貝托把許多證明文件往他們面前一丟，他們還沒回過神，我又搬出我在過敏方面的研究，唬得他們目瞪口呆。結果呢，他們想要聘請我們兩個。我沒有什麼意願，不過阿爾貝托有些動心而在考慮，但後來因爲我用羅貝托的小刀在街道地上刻了些東西，爲此和一個警察鬧了起來，這兇巴巴的警察害我們決定，及早出發去委內瑞拉，因此你們收到這封信時，我差不多要離開了。

如果你們要碰運氣，可以寫信到哥倫比亞的古庫塔，或是馬上發信到波哥大來。明天我要買最便宜的票去看「米雍納瑞歐斯」對「皇家馬德里」，因爲我們的同胞比牧師還要一毛不拔。這裡壓迫個人自由的問題比我們到過的國家都嚴重，配來福槍的警察在街上巡邏，幾分鐘就檢查一次你的文件，有的拿著讀反了都不知道。這個國家風聲鶴唳，可能正醞釀著革命，鄉下地方公然起事，軍隊無力鎮壓。保守黨人內鬥不斷、沒有共識，而大家對一九四八年四月九日㊶都記憶猶新。簡而言之，這裡的氣氛讓人窒息，如果哥倫比亞人想這樣逆來順受，我祝他們好運，我們可是要早早離開。阿爾貝托很有可能在加拉卡斯找到工作。

我希望誰能寫幾行信來，說說你們的近況。你們這次不必再從碧雅翠斯那兒打聽我的情況（我没給她回信，因爲我們限制自己，每個城市只寫一封信，所以我們才隨信附上要給阿佛烈迪托．加貝拉的卡片）。

兒子很想念您，這裡致上我的愛．希望老爸可以趕到委内瑞拉，那裡的生活費比這裡高，但薪水好得多，最適合他這種鐵公雞。（！）還有，如果他在這裡住了一段時間之後卻還喜歡山姆大叔……還是別扯題外話，老爸會聽出弦外之音。拜。

往加拉卡斯

在例行但無謂的問話、翻弄護照，以及帶著疑心的打量後，警官給我們蓋了個大官印，上面的離境日期是七月十四日，我們就走上了那道聯結及分隔這兩個國家的橋。一名委內瑞拉士兵和他哥倫比亞的同行一樣，用惹人厭的態度檢查我們的行李，然後質問東質問西，只爲顯示他在當家作主。

在塔契拉的聖安東尼歐，他們爲了官樣程序把我們擱下老半天，之後，我們坐上往聖克立托巴（San Cristobal）的迷你巴士。

半路上有檢查關哨，我們又徹底被搜身及搜查行李。在波哥大為我們惹來不少麻煩的那把刀，又成為一次冗長討論的焦點，我們沈著應對，因為我們和這些極有文化的警察大人有過太多豐富的辯論經驗。左輪手槍順利過關，因為它躺在我皮夾克的口袋裡，用一團髒兮兮的布包著，關員看到了都敬而遠之。我們費了好大力氣才拿回這把刀子，但我們開始擔心，因為這一路到加拉卡斯還有很多關卡，難保不會碰上不可理喻的傢伙。兩個國境城鎮之間的道路鋪得又平又直，特別是在委內瑞拉這邊，我不由得想起科多巴附近的山丘景致。大體來說，委內瑞拉似乎比哥倫比亞富庶繁榮。

我們抵達了聖克立托巴後，與運輸公司的人起了爭執。我們只想以最便宜的方式旅行，但對方一直鼓吹坐迷你巴士的好處，說只要花兩天時間，不像坐巴士要耗上三天，最後我們被說服了，這是我們踏上旅途以來的第一次。我們為了未來計畫及治療我的氣喘，決定多付他們二十波利瓦瑞㊷，為了加拉卡斯而獻上這筆錢。我們在晚上發車前到處走走看看，並在一所不錯的圖書館找了些有關委內瑞拉的書看。

十一點鐘，我們出發向北，這一路不再是柏油路。我們的座位坐三個人都嫌太擠，卻硬塞了四個人，根本不可能睡覺。途中一次爆胎，耽擱了一個鐘頭，我的氣喘又發作。

車子緩緩爬向山頂，草木變得稀疏，山谷中的作物和哥倫比亞一樣。路況很差，常會弄破輪胎，第二天我們又爆胎了好幾次。警察設了檢查哨，對每輛迷你巴士徹底搜查，我們本來會雞飛狗跳，還好有位婦女乘客身上有一封引薦信，司機說所有的行李都是她的，警察就無話可說。吃飯愈來愈貴，本來是一人一塊波幣，後來卻要三塊半。我們決定盡量省錢，因此在老鷹角停靠站想要省下一頓，結果司機可憐我們，請我們吃了一頓。

老鷹角（Punta del Águila）是委內瑞拉的安地斯山脈的最高區域，海拔四千一百零八公尺。我服下最後兩顆藥片，所以睡了個好覺。早上司機停車一小時睡覺，因為他已經連開兩天沒有闔眼。我們本來預計當晚抵達加拉卡斯，但又被爆胎耽誤了，而接線不良也使得電池無法充電，我們不得不停車修理。變成是熱帶氣候，到處可見兇惡的蚊子和香蕉。最後一段路我氣喘發作，半打著瞌睡，而這一段是平直的柏油路，風景似乎很好（當時已經天黑）。我們抵達目的地時，天已微明，而我已經奄奄一息。我們用五毛波幣找到床位，阿爾貝托又爲我打了一劑腎上腺素，我就倒在床上，睡得像個死人。

這奇怪的二十世紀

我的氣喘病情已經不那麼嚴重，感覺幾乎沒事了，不過我不時還要仰賴我的新幫手，一具法國呼吸器。我很想念阿爾貝托，感覺上像是我的側翼沒有了屏障，無法抵禦假想的攻擊。我老是轉過身去想跟他說些什麼，然後才想到他不在我床邊了。

事情沒什麼可抱怨的，我們受到很好的照料，吃得又多又好，而且很快就可以回家，恢復我的學業，取得文憑後就可以執業。只是一想到要就此說再見，我心裡並不很開心，我們這幾個月來同甘共苦，在同樣情況下做著同樣的夢，我們已經如此接近。我腦子裡轉著這些事，腳下漫步離開了加拉卡斯市中心，朝郊區走，這裡的房舍沒有那麼緊挨在一起。

加拉卡斯位在狹長谷地裡，使得都市兩側的發展受限，因此，走沒多遠就會爬上山丘，從山上俯瞰你腳下的蓬勃都市，會看到這多樣城市的另一風貌。那些祖籍在非洲的黑人們膚黑齒白，還是代代相傳的不愛洗澡，而他們的地盤受到另一種奴隸的入侵，也就是葡萄牙人。這兩個古老種族如今一起生活，整天吵吵鬧鬧、你爭我奪；可是貧窮及所受到的歧視又讓他們團結一起掙扎求生存，但他們對生命的態度不同，涇渭分明：黑人生性懶散又愛做白日夢，錢都花在喝酒及花俏無用的事上；歐洲人這方面則有奮鬥儲蓄的傳統，到了美洲的這個角落也不例外，力求上進，甚至不問個人利益。

半山腰的房子都從鋼筋水泥變成了土坯屋。我偷看其中一間，裡面房間用屏風半隔開，一邊是火爐及桌子，另一邊是幾堆稻草，似乎算是床舖。三個赤身裸體的黑人小孩正和幾隻瘦巴巴的貓及一隻癩皮狗玩耍。火爐發出嗆鼻的煙充滿了房間。黑人媽媽一頭鬈髮、乳房下垂，正在準備吃的，有個大約十五歲、穿著整齊的女孩在旁幫忙。

我們聊了起來，我問他們能不能拍張照片，但他們怎麼也不肯，說除非我當場把照片給他們。我解釋說照片得先沖洗，但他們當場就要，否則免談。後來我說好吧，但他們已經開始起疑，不肯合作。一個小孩跑去跟他朋友玩，我繼續跟這家人聊天。

最後我拿著相機站在門口，裝作說誰把頭伸出來我就拍誰。我們這樣耗了一陣，直到那小的騎著一輛新的腳踏車蠻不在乎地回來；我調整焦距，按下快門，但結果是大災難。小孩不想被拍，把腳踏車一轉向，結果摔下車，哭了起來。他們馬上不再害怕鏡頭，跑出來對我破口大罵，我趕快溜，怕他們用拿手的丟石絕技伺候我。不過身後只傳來這家人的謾罵，其中最惡毒的一句是：「葡萄牙人」。

路兩旁有一排排卡車運輸用的大板條箱，葡萄牙人用來當作住家。其中住了一家黑人，我瞥見裡面有一部全新的冰箱，而許多板條屋裡傳來電台音樂聲，音量都開到最大。最髒破不堪的住處外面，卻停著亮閃閃的新車。各種各樣飛機當空呼嘯而過，留下震耳欲聾的噪音及天邊銀白亮光，而四季如春的加拉卡斯，就躺在我腳下。加拉卡斯的市中心逐漸受到紅磁磚屋頂及現代建築的侵犯，只是，這些黃色調的殖民時期建築就算完全從地圖上消失了，它還是存在：加拉卡斯對北方的生活方式無動於衷，堅持要守著它落伍的半田園式殖民過往。

後記

小山城的夜空佈滿星光，四周的闃然與寒意驅走了黑暗。好像——我不知如何形容，好像一切的物質實體都消融了，都遁入了太虛，把所有物體的個性都抹去，把我們吞噬，使我們陷入無邊的黑暗裡。夜空中沒有一絲雲可以讓人藉以辨認空間的遠近感。我身旁幾公尺外的一盞昏黃燈光也在黑暗中失去了力量。

這個人的臉在陰影中，看不清楚，我只能約略看到應該是他雙眼的亮光和他前排四顆牙齒的閃光。

我到現在仍然不知道，是當時的氣氛還是這個人的人格力量讓我後來得到了天啓，但我知道我以前聽過同樣的論調很多次，卻都無動於衷。眼前這位辯才無礙的人其實是個頗有意思的人物，他年輕時爲了逃避教條主義的迫害，逃出了某個歐洲國家，他深知恐懼的滋味（恐懼是少數能讓你懂得珍惜生命的經驗之一），然後他就從一個國家流浪到另一個國家，累積了無數的冒險經驗，最後寄身在這個與世隔絕的地方，耐心等候那重大時刻的到來。

一番禮貌的寒暄，兩方各自展現一點強項之後，談話內容開始延展，正當我們要分道揚鑣時，他突然爽朗一笑，露出他那四顆不甚整齊的牙齒說：「未來是屬於人民的，也許是一步一步，但也許是突然間，人民將會當家作主，在這裡及全世界。」

他說：「問題是，人民需要被教育，可是他們在當家之前不可能得到教育，要在當家之後才可能。他們只能在犯了錯之後學到教訓，而這些會是很嚴重的錯誤，會犧牲許多無辜的性命。話說回來，也許這些人並不是無辜的，因爲他們曾經因爲不順應大自然之律而犯下大錯——也就是說，他們沒辦法適應環境。這些無法適應環境的人，譬如如你和我，會到死都咒咀自己曾經流血流汗犧牲奉獻而促成的權力當局。革命是一件不涉個人的事；革命會奪走這些人的性命，甚至奉這些人爲典範或爲工具，用以馴化繼起的年輕世代。我尤其罪加一等，因爲我比較世故，或者說是經驗比較豐富（隨你怎麼說），我死的時候會知道，我犧牲只是因爲我固執，而我的固執只象徵了我們那根腐葉爛而搖搖欲墜的文明。我也知道，你將會死得慷慨激昂（這不會改變歷史的進程，也不會改變你對我的印象），成爲仇恨及鬥爭的完美呈現，因爲你不是一個符號（符號只是某種無生命的範例），而是未來會被毀滅的社會裡的眞正一員；窩蜂的精神從你言詞及行動中顯現。你和我一樣有用，不過你不會知道，對於那個將來會以你作爲犧牲的社會來說，你的用處會有多大。」

我看到他用來預告歷史的牙齒及戲謔的笑意。我感覺到他與我握手，以及彷彿自遠方傳來的呢噥道別聲。這個夜，在他話語聲中散逸，再次把我包圍，吞沒。就算他說了這些，但我現在曉得……我現在曉得，假如偉大的精神領導把人類劃分爲兩個敵對的陣營，我將歸屬於人民這邊。我知道，因爲它就寫在這個夜晚，我這個折衷主義的理論解構者及各種教條的心理分析家，像被鬼附了身似的狂叫亂吼，將會拾起我沾染了鮮血的武器，對壕溝工事發動攻擊，在狂怒中宰掉所有落入我手中的敵人。而且我看見，這番乍起的狂喜彷彿立刻就被一股疲困感給遏止了，我看到自己成爲這場貨眞價實革命下的祭品，個人意志被踩平踐踏，大聲宣告：都是我的錯。我感覺到我的鼻翕掀動，嗅著火藥及鮮血的刺鼻味，嗅著敵人死去的氣息；我武裝起自己的肉身，準備應戰，要讓我這區區之身成爲一處聖域，承接普羅大眾所發出的勝利嚎叫，聲音裡迴盪著新活力和新希望。

附錄　一場對醫學院學生的演講

在我們的環境下長大的孩子

一九六〇年八月二十日

與朋友阿爾貝托做了這趟摩托車之旅，並寫下摩托車日記之後，格瓦拉又在南美洲各地旅行期間，他經歷了由美國中情局（ＣＩＡ）所支持的瓜地馬拉政變，並在一九五九年加入了古巴政府的革命行動，這個革命政府翌年就取得了古巴政權。在一場針對古巴醫學院學生所做的演講當中，格瓦拉反省了自己如何從一個醫學院學生成爲一個政治活躍份子。

大家應該都知道，我一開始是一個醫生。我剛進入醫學院的時候，心裡絲毫沒有我今天所抱持的革命理念。

那時我只想成功，像所有人一樣想追求成功。我的夢想是當一個知名的研究者，我想要努力工作，做出一點既有助於人道價值、又能成爲個人成就的事。我是一個在我們的環境下長大的孩子。我們都是。

由於特殊的因緣，加上也許是個性的關係，我在取得學位之後有機會前往拉丁美洲旅行，更進一步認識了拉美大地。除了海地和多明尼加之外，我走遍了南美洲各國。我一開始是以學生的身分，後來則是以醫生的角色，在旅行中親身接觸到貧窮、飢餓與疾病；我知道因爲缺乏資源而無法醫治一個孩童是什麼滋味；我見到了由於吃不飽和長久的懲罰所造成的麻木無感，竟然使得父母覺得失去了一個孩子不是什麼大不了的事。這種事經常發生在我們拉丁美洲的階級社會裡。我開始發現，我除了想當研究者、希望能對醫學界做出實質貢獻之外，還想做別的同樣重要的事，那就是去幫助那些人。

不過我仍然遵循著環境的要求，就像所有人一樣。我想藉由我個人的努力來幫助那些人。我做了夠多的旅行，我去了瓜地馬拉，那時是由民選的阿本茲政府治理，我也開始寫筆記，反省自己如何成爲一個革命醫生。

到了一九五四年，瓜地馬拉發生政變，聯合水果公司（United Fruit Company）、美國國務院和美國中情局的頭子杜勒斯（Foster Dulles），聯合起來推翻了阿本茲政府，成立了阿馬斯（Castillo Armas）傀儡政府。政變成功了。瓜地馬拉人民不像古巴人民這樣成熟。我挑了個好日子，和很多人一樣逃離了瓜地馬拉，但我不是流亡，因爲瓜地馬拉不是我的祖國。

我領悟了一個很基本的道理：想當一個革命醫生或一個革命家，首先必須有一場革命。如果是一個人單打獨鬥，那麼就算你懷抱純粹的理念、滿腔犧牲的熱忱、願意犧牲生命來追求高貴的理想，但你是獨自在拉丁美洲的某個角落從事一點點對抗不義政府的舉動，那麼最後一切都會成空。想要有一場革命，需要具備像我們古巴這樣的條件：一整國的人民都動員起來，人人懂得運用武器和戰鬥小組，深知武器與人民的力量。

這就來到了今日問題的核心。我們擁有了權力和甚至義務來擔任革命醫生，也就是把我們的專業知識拿來爲革命效力，爲人民服務。然後我們又要回到先前提到的問題：應該如何有效地爲社會福祉付出？應該如何在個人的努力與社會的需要之間找到平衡？

我們要記得，在革命之前，我們在當醫生或是在公共衛生界工作的時候，過的是什麼生活，想的是什麼，做的又是什麼。我們必須深入回想這些，而後我們將會決定：我們過去所思所做的一切幾乎都應該拋開，都應該重新來過。如果我們每一個人都能擔任自己的建築師，打造一個新的自己，那麼，一個可以代表新古巴的人種很容易就能塑造出來。

現場各位住在哈瓦那的人，不妨記取以下這個想法：古巴正在塑造新人種，這件事不會在首都哈瓦那受到全面的歡迎，然而此事可以在古巴全國各地展開。你們當中有人在七月二十六日去了麥斯特拉山，見到了非常重要的事……你們一定見到了那些身材看起來像七八歲但實際上已經十三四歲大的孩子，他們是道地的山裡的孩子，貧窮而挨餓的孩子，他們是營養不良的產物。

在小小的古巴有五六家電視頻道、上百家廣播電台，也擁有了先進的現代科學，然而那些孩子第一次在晚上的學校裡看到了電燈時，大叫著星星怎麼會那麼近。那些孩子現在都在集體學校裡上學，從最基本的ABC開始學，要學到具有一技之長，要一直學到具備高深學問足以成爲革命者。

這是將在古巴誕生的新人種，他們降生於遺世獨立之處，在麥斯特拉山的深山角落裡，在集體合作社（cooperative）和工作場上。

而這和今天的講題很有關係：醫生與醫藥工作者如何加入革命運動。革命的任務在於訓練與培養孩子，教育軍隊，也在於把地主的土地重新分配給那些眞正在土地上揮汗工作卻得不到果實的人；這些都是古巴已經做到的社會醫學工作。

這場對抗疾病的戰爭，基本工作應該是先鍛鍊出強健的體魄，而不是叫醫生去對人體器官做一些藝術技巧。我們必須以全面的、整體社會的方式入手，讓大家的身體健康強壯。

將來，醫學必須要做到可以預防疾病，帶領大眾朝向各人的醫學責任前進，而只在最緊急的時候才干預，施以手術或其他必要措施。……為了達到這個目標，就和革命的其他任務一樣，有賴每一個人的努力。有些人以為，革命是一種出於集體意志或動機的標準化動作；不，完全不是這樣。革命是一種把每一個人具有的人類潛能都解放出來的釋放工作。

革命眞正要做的，是把人的能力導向正確的方向發展。我們今日的任務就是帶領所有醫學專業人員，把他們的天賦發展在社會醫學上面。

前一個時代已經結束了，我們在古巴卻要展開新的時代。不管其他反對意見怎麼說，不論某一些人的期望如何，我們今日所知道的資本主義，也就是我們從小到大所浸淫與忍受的那個資本主義，在全世界都挫敗了。現在，集體科學每一天都得到新的勝利。解放獨立的運動已經在譬如亞洲和非洲進行一段時間了，我們很榮幸能成爲拉丁美洲在這方面的先鋒。這一種徹底的社會變化，必須要讓人們打從心底開始改變。

在古巴，不能再有那種一個人在社會裡獨自行動的個人主義。未來，個人主義必須變成是懂得善用每一個個體的力量，使之對於整體有絕對的利益。不過，即使今天大家都明白了這個道理，都理解了我的意思，即使每一個人都願意思考現在、回顧過去、仰望未來，若想改變思惟，仍然需要有徹底的內在變化和由此而生的外在變化，特別是在社會方面的變化。

外在的社會變化每天在古巴出現。假如想認識這場革命是什麼，想見識人民心中蘊藏了多少力量，以及這股力量蟄伏了多久，就來古巴參觀吧。來看看古巴的集體合作社和工作場。若想深入醫學問題的核心，光知道了問題是什麼，看過了這些地方，還不夠；而要去認識那些在集體合作社和工作場的人們。去了解他們經過了幾百年的壓迫與逆來順受，繼承了哪些疾病，生活中有哪些痛苦，多年來貧窮到什麼地步。醫生與醫學工作者，應該走入他們新工作的核心，也就是走進群眾，在人群中生活。

不管世界發生了什麼事，醫生的工作永遠是重要的：醫生要靠近病人，深入了解他的心理，要成為一個貼近了痛苦並把那痛苦除去的人。醫生在社會生活裡的責任重大。幾個月前，哈瓦那發生一件事，一群醫學系學生取得了醫生資格，他們不願意到鄉下工作，假如要去，他們希望能多拿到一點錢。用以前的眼光來看這件事會覺得很正常，至少以前的我會這樣認為，而且我也能理解為什麼那群學生會那樣想。以前的觀念就是這樣。人都是叛逆的，都是用自己的力量在為自己打造一個好的未來，好的生活，並由於自己的作為而得到肯定。

假如這件事的主角不是那些學生，不是那些出身於有能力供養孩子讀大學的家庭的學生，而是一群農民，他們在完成了學業、準備開始工作的時候，會有什麼表現？假設有兩三百個農民——奇蹟似的，他們居然有機會讀大學——事情會變怎樣？

很簡單，這些農民一定會往外衝，帶著滿腔的急切與熱情，回鄉下照顧自己的兄弟姊妹。他們會開口說要去做那個工作，認真負責，以此展現他們幾年來的書沒有白唸。這個假設中的局面，將會在六七年後出現，當今天這些新的學生——這些來自工人家庭的孩子們——完成了教育、得到學位之後。

而我們不該用宿命的眼光看待未來，把人群劃分成工農階層之子和反革命份子這兩種。這種劃分太過於簡化，也不正確；沒有什麼比讓一個高貴的人在革命之中生活更具有教育意義了。

我們這群搭著「格拉瑪號」來到麥斯特拉山的人，沒有一個具備工人或農人的背景，而我們學會了尊敬工人與農人，並與他們一起生活。當然我們之中有人必須工作才能維生，也在孩提時渴望得到某些事物，但是啊，我們不知飢餓爲何物；我們沒有經歷過眞正的飢餓。我們是在麥斯特拉山的這兩年裡才嚐到一點飢餓的滋味。之後，許多事情就變得非常淸楚了……我們懂得了一條人命的價值比全球首富的全部財產還要貴重幾百萬倍。我們這些並不出身於工農家庭的人學習到了這個道理——那麼今天我們爲什麼要自認是天之驕子，認爲其他的古巴人就不懂得學習？錯了，他們也都可以學習。事實上，今天的革命運動就是要求他們學習，要他們知道，能爲同胞服務是一種驕傲，這份驕傲比收入的多寡更重要；要他們知道，人民的感激比黃金更要持久而永恆。每一個醫生，都有能力、也都應該在自己的行動中累積這種寶藏，這種人民的感激。

我們要拋開自己的舊觀念，朝人民走得更近，並且對自己提出要求。我們不能再用以前那種方式去接近人民。你們會說：「我對那些人很好啊，我喜歡跟工人農人說話，而且我星期天也會去某某地方，去看某些事物。」這些大家都做過，然而這是出於一種「做慈善工作」的心態。但我們今天應該做的是「團結工作」。我們不該走近了人民之後對他們說：「我們來了。我們的出現就是一件好事。我們是來教你們科學的。我們要來指出你們的錯誤、你們的粗鄙和你們的缺乏基本知識。」我們卻應該帶著做研究的熱忱和謙卑的心意，向那叫做「人民」的寬廣智慧學習。

我們會發現，自己某些習以為常的觀念其實錯得很離譜。這些觀念深植於我們內心，自動成為了我們的意識。我們其實應該多多質疑自己的觀念，不只是一般的生活哲學和社會理念，還包括我們對於醫學的態度。質疑之後，我們將會發現，不是所有人對待疾病的方式都像在大城市的醫院裡那樣。我們將會發現，醫生也應該是一名農人，需要學習栽培新的糧食，以此培養大眾對於新食物的渴望，並以此讓古巴的糧食結構更豐富多元——古巴的土地這麼小，農業這麼貧瘠，但有潛力成為富饒的國家。我們還會發現，在目前的環境下，我們必須講究教育方法，有時候會非常像是在說教；而我們有時候必須像政治人物一樣做事。然而，我們最先要做的不是貢獻出自己的聰明，而是要展現出我們願意向人民學習，願意一同實現一個偉大而美好的體驗：建立新古巴。

爲此，我們已經採取了許多步驟。一九五九年一月一日與今天之間的距離，不能以常理來計算。這陣子以來人民知道了，垮台的不只是一個獨裁者，還包括一個體制。現在人民應該要明白，一個體制瓦解之後，必須建立新的體制，一個可以爲人民帶來絕對幸福的體制。

……我們確信，眼前有一個共同的敵人。我們知道人人都在轉頭張望，不知道有沒有人聽見他們的心聲，不知道某個坐在大使館裡的人有沒有把他們的心聲傳達出去；如果沒有，他們就要明確主張自己是反對專斷手法的，他們就要大聲說：「我們的敵人，以及拉丁美洲的敵人，就是美國的專斷政府。」

假如每一個人都知道了敵人是誰，假如我們都開始明白，凡是與那個敵人對抗的，也就與我們有了相同之處——這時就進入第二階段了：我們古巴的目標是什麼？我們想要什麼？我們要不要讓人民得到幸福？要不要努力讓古巴得到徹底的經濟自主？我們要不要讓古巴成爲一個自由國度，不屬於任何一個軍事集團，不必把自己的內政或外交事務拿出去徵詢其他強權的意見？我們要不要重新分配財富，讓那些過度富裕的人拿出一點給那些一無所有的人？我們想不想從事有創意的工作，讓每一天都充滿快樂？如果我們要，那麼我們已經有了目標。……在危急存亡之秋，在大破大立之際，最需要在乎的是大敵人和大目標。如果我們都知道也都贊成這樣的發展方向，那麼，不管事態如何，我們都該動工了。

我說過，想成爲一個革命者，首先要有一場革命；而革命我們已經有了。此外，一個革命者必須認識他所一同工作的人。我認爲我們對於彼此的認識還不夠；我認爲我們還需要再旅行一段時間……如果我們認清了目標所在和敵人是誰，知道了自己必須往哪一個方向上路，那麼只剩下一個問題了：那就是我們每天應該走多少路；知道這一點之後，我們就去走它。沒有人能爲我們指出每天該走多少路才對，這是每一個人自己的路——這是每一個人，不論男女，在每一天裡所做的事；這是每一個人從每日經驗之中所得到的體會；這是每一個人在自己的專業上爲人民所做的付出與奉獻。

如果我們已經具備了往前進所需要的一切元素，且讓我們記取荷西・馬丁的話——這句話我還沒有做到，但我們要時時加以實踐：「說得最棒的話，就是行動。」然後，讓我們一起走向古巴的新未來。

**完整的講辭請見《切・格瓦拉文集》(Che Guevara Reader)，由 Ocean Oress 於二〇〇三出版。

註釋

①中文版註：這篇引言是二〇〇三年Ocean Press版本新增的內容。寫作者秦提歐・維提耶（Cintio Vitier, 1920-）是古巴作家，寫詩，研究詩學，也是一位人類學家。

②中文版註：玻利瓦（Símon Bolívar, 1783-1830），生於委內瑞拉，在歐洲求學。一八二一年解放了祖國委內瑞拉，而與基多和新格瑞那達結合爲「大哥倫比亞」，玻利瓦成爲總統。其後他解放了秘魯，而北部祕魯成立新國家玻利維亞，以玻利瓦之名紀念之。玻利瓦想統一整個南美洲，可是他所解放的祕魯和玻利維亞與他對立。一八二九年他甚且辭去大哥倫比亞總統職位，一年後死於肺結核。

③中文版註：荷西・馬提（Jose Marti），古巴的英雄人物，記者出身，也是知名的詩人、作家，

並善於演說。他在一八九二年創立了古巴革命黨（Cuban Revolutionary Party），對抗西班牙的統治和美國的新殖民主義。一八九五年發動了一場獨立戰爭，戰死於沙場。

④中文版註：羅西南特爲音譯，原文爲Rocinante，這是堂吉訶德所騎的那頭騾子。此句「羅西南特的肋骨」，引自格瓦拉本人的文字。

⑤中文版註：西班牙語系國家人士的姓名一般由三部分組成：名，父姓，母姓。以埃內斯托・格瓦拉・德拉塞爾納一名爲例，埃內斯托是名，格瓦拉是父姓，德拉塞爾納是母姓。

⑥爲紀念裴隆一九四五年從監獄獲釋而制定的阿根廷國定假日。裴隆將軍自一九四六年起出任阿根廷的總統，至一九五五年下台，流亡國外；一九七三年復位，一九七四年逝世。

⑦阿根廷的國民飲料，一種由植物葉子泡成的茶，喝的時候裝在一個葫蘆裡，幾個人用一根銀吸管輪流傳著喝。

⑧一種諾頓牌（Norton）五百CC的機車；拉波特拉撒一詞是「大力士」之意。

⑨中文版註：此處的北美係指南美洲的北部；南美洲南部的人通常稱南美洲的北部爲「北方」或「北美」。

⑩狗名。格瓦拉帶到米蘭馬送給他女友齊琴娜（當時她正在那兒渡假）的一條狗。取名「回來」，是格瓦拉向女友承諾自己一定會回來的表示。

⑪中文版註：巴里羅切是阿根廷極南部的城鎮，從這裡可乘船進入智利。

⑫委內瑞拉的左翼詩人暨小說家。

⑬中文版註：西班牙語系國家的人士同名者比比皆是。

⑭中文版註：他唸誦的可能就是用作本節標題的詩句。

⑮佩多・德・瓦爾迪維亞（Pedro de Valdivia, 1498-1554）是一位西班牙征服者，一五四至四六年征服智利。

⑯中文版註：這是智利的聖地牙哥，非美國的聖地牙哥。

⑰「切」在阿根廷的語言中是「拍檔」、「伙伴」的意思，其他西班牙語系國家的人喜歡暱稱阿根廷人爲「切」。

⑱智利共產黨在那時候尚不受法律保護。而在一九四八至五八年間，智利依「保衛民主法」迫害許多相關人士。

⑲依把奈後來在一九五二至五八年間擔任智利總統。他在競選前承諾，若能當選總統，會讓智利共產黨成爲合法政黨。

⑳一八七九至八三年間此處有一場習稱爲「硝酸鹽之戰」的對抗，智利併吞了一塊含礦量豐富的祕魯沙漠地帶。

㉑索勒（soles），祕魯貨幣。

㉒卻洛斯人指的是印第安人，或混合了西班牙與印第安血統的人。

㉓阿根廷作家荷西・赫南德茲（José Hernández）一首史詩中的人物。

㉔美洲民眾革命聯盟（American Popular Revolution Alliance）由維多・勞烏・哈雅・德拉托（Victor Raul Haya de la Torre）於一九三〇年成立。

㉕賈西拉索・德拉維加（Garcilaso de la Vega），又名印加的賈西拉索，爲西方來的征服者執筆記史事。他的母親是印加公主，父親是西班牙征服者。

㉖麥斯提佐人是西班牙人與印第安人的混血種族。

㉗奧克洛媽媽是印加第一任皇帝曼可・卡帕（Manco Capac）的妹妹兼妻子，根據傳說，他們倆是一起出生的，從的的喀喀湖中冉冉升起，代表陰陽的統一與和平。

㉘比拉可恰（Viracocha）是印加的創造者，也就是神。

㉙塔萬丁蘇宇（Tahuantinsuyo）指的是印加的世界，庫斯科爲其中心。

㉚中文版註：美洲印第安人的一族，原屬於印加帝國。

㉛奧蘭托是一齣描述印加將軍奧蘭塔的史詩戲劇，他因爲愛上了一位印加公主而被賜死。

㉜曼科二世因協助西班牙征服者皮扎洛敉平反抗，而由之扶上王位。但曼科二世隨後反過來與西

班牙人對抗，他於一五三六年第一次起兵，在奧蘭塔坦布吃了敗仗。

㉝卡洛斯・加德爾（Carlos Gardel），阿根廷的演員兼探戈作曲家。

㉞印加語的造物神之意，參註㉘。印第安人有時也以這字稱呼白種人。

㉟中文版註：柯全尼（Thomas Cochrane, 1775-1860），英國海軍將軍，生性大膽，原在倫敦一帆風順，後受政敵誣陷入獄，摘除軍階。後來他大膽逃獄，轉往南美洲，參與了智利和巴西爲脫離殖民統治而進行的獨立戰爭。一八二〇年率領南美水手在卡耀港封鎖了西班牙的南美艦隊。一八三二年英國威廉國王登基，恢復了他的軍階。

㊱也就是基亞醫院（The Hospital de Guia）。

㊲原文是一語雙關，文意有茶具及乳房兩意，姑轉譯爲「奶瓶」。

㊳中文版註：羅卡（Fredirico Garcia Lorca, 1898-1936），西班牙詩人暨劇作家。喜以故鄉安達魯西亞爲創作主題，也善做吉普賽歌謠。他在西班牙內戰時期遇害。

㊴一位阿根廷足球員。

㊵一位踢左翼的阿根廷足球員。

㊶激進的自由黨政治人物霍格・艾利塞・蓋唐（Jorge Eliecer Gaitan）遭人謀殺之日。

㊷玻利瓦瑞（bolivare），委內瑞拉貨幣。

國家圖書館出版品預行編目資料

革命前夕的摩托車之旅／埃內斯托・切・格瓦拉
（Ernesto Che Guevara)著；梁永安／傅凌／白裕承譯.－－
初版.－－臺北市：大塊文化，1997【民86】
面；　公分.－－(mark；06)
譯自：The Motorcycle Diaries
ISBN 957-8468-32-6(平裝)

885.726　　　　86013103

LOCUS

LOCUS

LOCUS

LOCUS